KB154255

삼촌이랑 친구 하는 게 말이 돼?

우정은 어떻게
만들어지는가

설흔 글

이강훈 그림

삼촌이랑 친구 하는 게 말이 돼?

들어가며

박제가가 영혼의 단짝 이덕무를 처음 만난 건 열여덟 살 되던 해였다. 질문 하나, 그렇다면 이때 이덕무는 몇 살이었을까?

정답은 스물일곱 살이다. 무려 아홉 살 차이다. 박제가가 초등학교에 입학했을 때 이덕무는 고등학생이었다는 뜻이다. 그랬음에도 둘은 평생 우정을 나누었다.

유금과 유득공의 관계도 재미있다. 유금은 유득공의 작은아버지였으며 나이는 일곱 살이 더 많았다. 둘 또한 친구로서 평생 우정을 나누었다. 유금은 한술 더 떠 조카의 친구들인 이덕무, 박제가, 이서구 등과도 친구로 지냈다. 유금과 이서구의 나이 차이는 무려 열세 살이었다.

쉬운 일이 아니란 건 나도 잘 안다. 나이와 처지가 다른 이들이 서로의 마음을 이해하는 일은 무산소로 에베레스트 정상에 오르는 것과 비슷하다. 반대로 생각해 볼 수 있다. 무산소로 에베레스트 정상에 오른 이들은 생각보다 많다. 나이와 처지를 넘어선 우정 또한 가능하다는 뜻이다. 숨은 좀 차겠지만 기쁨은 수십 배가 된다.

지나치게 어려운 우정을 강요한다고 오해하지는 마시길. 다만 나는 우리 사회에서 규정하는 벗, 그리고 우정이 좀 편협하지 않은가 생각할 뿐이다. 그 편협성이 나와 다른 이들을 증오하고, 등을 돌리게 만들고 있지는 않은가 생각할 뿐이다. 생각을 조금만 바꾸면 세상이 달리 보인다. 다양한 벗과 만나면서 나의 정신을 고양하고 세상을 조금 더 살기 좋은 곳으로 만들어 나갈 수도 있다.

벗, 우정, 연대… 낡은 단어들이다. 하지만 새로운 미래를 만들 수 있는 특별한 단어들이기도 하다. 이 책이 이 특별한 단어들을 이해하는 데 조금의 도움이라도 된다면 더 바랄 것이 없겠다.

차례

일러두기

- 옛사람의 글은 대부분 부분적으로만 인용했으며 읽기 좋도록 많은 부분을 손보았다.
- 제목은 새로 붙였으며 원제가 있는 경우에는 출처에 표기했다.

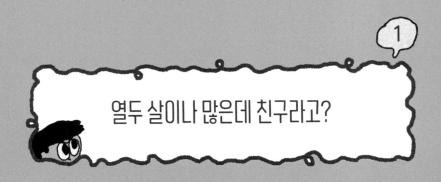

열두 살이나 많은데 친구라고?

1

뼈 때리는 충고 따윈
필요 없어

분명 내가 지나치다고 여겼을 것이다. 선을 넘어도 한참은 넘었다고 생각했을 것이다. 어떻게 알았느냐고? 그거야 쉽지. '엄마는 외계인'을 먹는 속도가 눈에 띄게 빨라졌으니까. 어렸을 때부터 너는 속내를 잘 숨기지 못하는, 아니 숨기는 데무척이나 서투른 유형이었거든, 하하.

순서에 따라, 예의에 따라 먼저 미안하다고 말하고 싶다. 아이스크림에 온전히 몰입했던 경건하고 아름다운 분위기를 한순간에 망친 것에 대해. 너의 복잡했을 기분을 제대로 헤아리지 못한 것에 대해. 더 솔직히 말하면 너의 표정, 너의 마음을 정확히 읽었으면서도 훈계의 브레이크를 꽉 밟아 멈추지 못한 것에 대해.

애매한 분위기 속에서 제대로 해명도 못 하고 헤어졌으니 지금 말하마. 그래서는 안 되었다. 적어도 값비싼 ― 나한테는 정말 거금이었다 ― 아이스크림을 다 먹을 때까지 기다리거나, 훈계의 시간과 방법을 다르게 해야 했다. 너에게 내 생각을 제대로 전달할 수 있는 최적의 기회를 찾았어야 했다. 분명히 그랬어야 했다!

하지만 말이다, 굳이 변명하자면 일분일초 뒤 지구가 멸망할 것처럼 서둘러 잔소리를 쏟아부은 데에는 한 가지 분명한 이유가 있기는 했다. 너의 행동이 다른 가족에게 어떻게 보이는지 그 자리에서 당장 확실하게 알리고 싶은 마음이 워낙 강했기 때문이다.

아직도 화가 풀리지 않았을 게 분명한 너에게 오래된 이야기 하나를 화해의 선물로 보내고 싶다. 1674년 김창협은 벗 이희조에게 편지를 보냈다.

자네가 나를 얼마나 아끼는지 잘 알겠어. 고맙고 또 고맙네.

김이 모락모락 나는 겨울 호빵이 떠오르는 훈훈한 첫 줄이다. 둘 사이에 무슨 일이 있었기에 김창협은 벗에게 이렇듯 정중하게 고마워하는 것일까? 편지를 조금 더 살펴보기로 한다.

내가 일을 주도면밀하게 처리하지 못한다고 제대로 콕 짚어 말해 주었군. 아, 참 뼈아픈 지적이었네.

어라? 이건 뭐지? 고개를 갸웃거리게 만드는 의외의 전개다. 이희조는 김창협의 장점을 칭찬하지도 않았고, 애정 고백을 하지도 않았고, 경제적인 도움을 주지도 않았다. 이희조는 김창협의 결점을 날카로운 핀셋으로 콕 집어낸 뒤, 요즈음 말로 뼈 때리게 지적했다.
이 장면에서 놀라운 건 김창협의 태도다. 김창협은 이희조의 지적을 그대로 받아들였다. 묻지도 따지지도 않고 벗의 말이 다 옳다고 단번에 인정했다. 아니, 인정에서 멈추지 않고 아예 한술 더 떴다.

비밀 하나 알려 줄까? 자네가 지적한 바깥일만 문제라면 얼마나 좋을까? 하지만 집안에서 일어나는 온갖 일들도 무엇 하나 제대로 처리하지 못한다네. 물론 내 부족함을 어렴풋이 짐작하고는 있었지. 바쁘다는 핑계로 미루기만 하고 어떻게 고쳐야 할지는 전혀 생각하지 않았지. 자네의 지적을 받고 보니 제대로 반성하게 되는군. 자, 어떻게 하면 문제를 바로잡을 수 있을까? 난 잘 모르겠네. 부디 가르쳐 주게. • 김창협, 이희조에게 답하다, 『농암집』

빠르게 인정하고 절실하게 반성하는 김창협의 태도 때문이었을 것이다. 이희조의 뼈 때리는 지적질은 계속된다. 1705년 이희조는 김창협에게 잘난 척하는 버릇이 있다고 꼬집는다. 웬만하면 수긍부터 하는 김창협도 이번에는 조금 억울했던 모양이다. 편지 첫머리에 붙인 '지나친 의심을 받은 것 같지만'이라는 전제가 그 증거다. 하지만 김창협은 김창협! 김창협은 이번에도 이희조의 지적을 흔쾌히 받아들이고 반성한다.

그래, 생각해 보면 그렇게 여길 수도 있겠네. 의견을 밀어붙이려는 뜻이 워낙 강하다 보니 나도 모르는 사이에 분명 많은 잘못을 저질렀을 거야. 벗으로서 절실한 가르침을 주었네. 말하기 쉽지 않았을 텐데 제대로 말해 줘서 고맙네. 앞으로는 더 조심하겠네. • 김창협, 이희조에게 답하다, 『농암집』

여기서 잠깐, 사실 관계를 확인하고 넘어가기로 한다. 이희조는 김창협의 벗이자 처남이었다. 그것도 네 살 어린 처남. 손위 매부인 김창협은 명문 안동 김씨를 대표하는 인물로 당대의 내로라하는 명사였다. 그런 김창협에게 주저하지 않고 쓴 말을 하다니, 이희조는 참 대단하다. 물론 손아래 처남의 쓴 말을 듣고 곧바로 자신을 돌아보며 잘못을 반성한 김창협 또한 대단하다.

둘 사이에 별다른 다툼도 없었던 이유는 오직 하나, 두 사람이 진정한 벗이었기 때문일 터. 김창협의 문집에 이희조에게 보낸 편지가 41통이나 — 순위를 매기지는 않으나 아마도 꽤 많은 축에 속할 것이다 — 실린 것이 둘의 평생 우정을 입증한다. 따뜻한 마음이 유난히 돋보이는 편지를 한 편 읽어 보자.

기분을 풀어 주는 눈을 보고 있으니 그리는 마음 두 배가 되었네. 산속에서 조용히 지내는 자네는 그저 담담하겠지. 아, 도대체 무슨 수로 자네를 유혹해 내가 머무는 창 아래 화롯가에서 만나 볼 수 있겠는가? • 김창협, 이희조에게, 『농암집』

이토록 솔직한 우정 고백이라니, 읽는 내 마음도 짠해진다. 무수히 쏟아진 쓴 말 펀치와 계속되는 반성 세례에도 둘의 우정은 전혀 변하지 않았다. 변하기는커녕 날이 갈수록 깊어만 갔다!

너의 이해를 돕기 위해 요약정리하자면, 나는 너에게 이희조가 되고 싶다는 것이다. 머리와 가슴이 불편하리라는 사실을 뻔히 알면서도 할 말은 기어코 하고야 마는, 네가 극도로 혐오하는 지적질 대마왕으로의 자발적 변신. 너는 어이없어하며 당장 묻겠지. 도대체 왜 그런 말도 안 되는 결심을 했냐고? 그 답이야 어렵지 않지.

나는 너의 벗이니까.

하하, 오해하지는 말길. 내가 이희조가 되고 싶다고 해서 너더러 김창협이 되라는 건 절대 아니니까. 일단은 나이도 내가 훨씬 많지. 게다가 내가 하는 입에 쓴 말이 알기 쉽게 전하려는 무진장한 노력에도 불구하고 결국은 요령이 없듯, 인생살이의 기술이 아직은 부족한 네가 김창협처럼 문제를 대범하고 솔직하게 받아들이는 것, 역시 쉬운 일이 아니다.

무슨 열불 터지는 소리냐고? 실컷 반성하는 척해 놓고 이제 와 다시 흠을 보면 도대체 뭘 어쩌라는 거냐고? 뭐, 그냥 그렇다는 것이다. 그냥, 그냥, 말이다. 아무튼 마지막으로 사과는 한 번 더 하고 싶다. 예의 바른 지구인이 외계인에게 하듯 정중하게 사과하고 또 사과한다.

지구인은 뭐고 외계인은 뭔가요? 외계인은 예의가 바르지 않나요? 외계인을 비하하는 겁니까? 아무튼 옛이야기로 공격을 시작했으니 — 반성과 변명은 무슨. 공격, 선전 포고도 없이 시작한 비겁한 전면전이 분명합니다! — 저도 지지 않고 반격해 드리지요.

1771년 무렵, 이한주는 한 살 어린 처남 박제가에게 역시 뼈 때리는 편지를 보냈습니다. 편지가 남아 있지 않아 정확히 인용하기는 어렵습니다. 박제가가 쓴 답변으로 생각해 보면 대략 다음과 같은 내용이었을 겁니다.

"처남이 벗을 가리지 않고 마구 사귄다는 소문을 들었네. 글을 너무 신기하고 색다르게 쓴다는 소문도 함께. 간단하고 확실하게 말하지. 벗은 가려서 사귀고 글은 격식에 맞춰 쓰게. 자존심 강한 자네로서는 듣기 싫은 소리겠지. 하지만 내가 아니면 누가 하겠나?"

김창협이었다면 어떻게 했을까요? 보나 마나지요. 편지 읽기 무섭게 후다닥 자신의 잘못을 인정하고, 이한주에게 달려가서 고맙다며 절을 했을 겁니다. 분명히, 백 퍼센트 확실히 그랬을 것 같아요. 하지만 박제가는 말입니다, 완전히 다른 유형의 인간이었습니다. 김창협이 지구인이라면 박제가는 화성인입니다! 김창협이 순한 양이라면 박제가는 야생마입니다! 김창협이 반성의 고수라면 박제가는 반항의 대가입니다!

한마디로 말해 박제가는 편지의 내용에 전혀 수긍하지 않았습니다. 당연히 반성도 하지 않았고요. 수긍과 반성은커녕 이한주가 지적한 잘못을 조목조목 따지고 들었습니다.

저에게 가까운 벗들이 있는 건 사실입니다. 하지만 그 숫자는 한둘입니다. 더군다나 그들은 저같이 외롭고 세상 물정에 어둡습니다. 많이 사귀는 것도 아니고, 막 사귀는 것도 아니고, 다른 목적을 가지고 사귀는 것도 아닙니다.

신기하고 색다른 글을 쓴다? 그거야말로 완전한 오해입니다. **저는 경박하고 어쭙잖은 작가 따위는 되고 싶지 않습니다.** 제 생각이 제대로 담긴 진실한 글을 쓰려고 밤을 새워 노력, 또 노력할 뿐입니다. 저의 진심에는 관심이 없으니 글도, 마음도 무엇 하나 제대로 못 읽는 것이지요. • 박제가, 상중의 이한주에게 답하다, 『정유각집』

적극적인 해명을 끝낸 박제가는 더욱 목소리를 높입니다. 실은 자신이 아닌 이한주에게 도리어 문제가 있는 건 아니냐고 총공세를 취합니다.

제가 처남이 된 지 벌써 몇 해입니까? 날마다 제 말을 듣고 제 행동을 보았으면서 아직도 저를 믿지 못하고 의심부터 하고 보는 겁니까?

한 살 어린 처남에게 쓴 말을 한 이한주도 대단하고, 수긍하지 않고 반박한 박제가도 대단합니다. 두 사람이 진정한 벗이었기에 가능한 일이었겠지요. 두 사람이 평생 주고받은 편지가 몇 통이었는지까지는, 순위권인지 순위권 밖인지는 지식이 한참 부족한 종

자라 잘 모르겠습니다만.

뭔 말을 하는 거냐고요? 삼촌 식으로 짧게 요약정리하자면, 저는 박제가가 되고 싶다는 겁니다. 관계가 불편해지리라는 사실을 뻔히 알면서도 반박할 말은 하고야 마는. 하하(저도 삼촌처럼 가식적으로 웃을 줄 안답니다), 오해하지는 마세요. 제가 박제가가 되고 싶다고 해서 삼촌이 지적질 대마왕 꼰대 이한주라는 건 절대 아니니까요. 뭐, 그냥 그렇다는 겁니다.

그리고 삼촌 말대로 우린 벗일 수도 있겠지요. 그러니까 뭐, 글쎄, 아마도, 어떤 면에서는요. 비록 한 살도, 네 살도 아닌, 열두 살 차이지만 말입니다. 함께 나눌 우정의 내용과 폭에 대해서 깊이 생각해 본 적은 우주 연합에 맹세컨대 단 한 번도 없지만 말입니다.

추신 그날 제가 먹은 아이스크림은 '오레오 쿠키 앤 크림'입니다. 삼촌이 먹은 게 '엄마는 외계인'이었고요. 아이스크림에 왜 그런 이상한 이름이 붙었냐고 저에게 적어도 세 번은 물어봤지요. 그때마다 저는 친절하게 제가 아이스크림 이름을 붙인 게 아니라고 계속 대답했습니다. 심지어 삼촌은 엄마에게 선물하고 싶다면서, 외계인이 외계인을 보면 어떻게 할까, 말하며 혼자서 키득거리기도 했고요…. 기억이 안 나면 할 수 없고요. 뭐, 그냥 그렇다는 겁니다. 그리고 또 하나, 삼촌은 어렸을 때부터 제가 속내를 잘 숨기지 못하는 유형이라고 썼습니다. 하지만 저는 이렇게 묻고 싶네요. 삼촌이 저에 대해 그렇게 잘 압니까?

쓰고 보니 왠지 지치는 기분이 드네요. 보나 마나 뻔뻔한 삼촌은 제 의견에 수긍하지 않겠지요. 수긍하는 척하면서 곧바로 반박하겠지요. 다 피곤하니 삼촌의 방식을 따라 다시 말하겠습니다. 그냥, 그렇다는 겁니다. 그 이상도, 그 이하도 아닙니다. 마지막 사과는 받아들입니다. 엎드려 절 받는 격이라 벌레 먹은 사과처럼 느껴지지만 말입니다.

✦�◜ 내가 너의 벗이라고 대놓고 선언한 게 신경에 무척 거슬리는 모양이로구나. 너로서는 아무래도 그렇겠지. 하나뿐인 삼촌이기는 해도 자주 만났거나 유별나게 가까웠던 사이는 분명 아니었으니까. 그래도 흔쾌히(?) 벗으로 받아들여 줘서 정말 고맙다. '그러니까 뭐, 글쎄, 아마도, 어떤 면에서는 말이다.'

박제가라, 너의 반론이 제법 날카롭고 흥미롭구나. 우리 고전에 대한 소양이 보통이 아니라는 건 잘 알겠다. 네가 소망하는 국문과 진학에는 별문제가 없어 보인다. 물론 그놈의 성적만 뒷받침된다면 말이다. 소양과 소망, 두 가지 모두 잘난 네 엄마의 영향이겠지?

일단 박수를 보낸다. 하지만 인정만 하고 가만히 있기는 좀 그렇지. 너도 말했다시피 내가 워낙 뻔뻔하고 끈질겨서 뭘 그냥 수긍하고 넘어가는 유형은 아니거든. 게다가 나도 명색이 작가라 뭐

아마도 어떤 면에서는 우리 고전에 대해 아는 바가 좀 있거든. 물론 유명 대학 국문학과 조교수인 네 엄마에 비할 바는 아니지만 말이다.

네가 박제가를 선봉장으로 삼았으니 나는 이한주의 편을 들어보고 싶다. 오해는 금물, 싸우자는 건 아니야. 그냥 네 글만 읽으면 이한주가 무척 고지식하고 딱딱하며 재미라곤 전혀 없는 사람인 것 같은 느낌을 받게 되니 말이다.

언뜻 생각하면 사실일 것 같다. 이한주는 전설적인 영웅 충무공 이순신의 후손이며, 집안 남자들은 대대로 무관을 지냈다. 생각과 행동이 직선적이고 얼굴과 몸매가 우락부락한 근육질의 남자가 떠오르지 않니? 하지만 짜잔, 여기에는 반전이 있다. 이한주는 우리가 생각하는 전형적인 무인과는 다르다. 박지원은 이한주가 어려서부터 곱고 귀여웠으며, 다 자란 뒤에는 시원스럽고 명랑하여 모두에게 호감을 주었다고 회상했다. 즉, 외모도 훌륭했고 친화력 또한 대단한 사람이었다는 뜻이다. 게다가 눈치와 운치도 최상급이었다.

달 밝은 저녁과 함박눈 내린 밤이면, 문득 술을 가지고 찾아왔다. 우리는 거문고를 연주하고 그림을 함께 보며 좋은 시간을 보냈다. 그 시절 나는 고요한 생활에 익숙했다. 그런데 우울한 기분이 들 때마다 이한주가 찾아오곤 했다. 놀라운 이야기 하나. 내리는 눈을 보며 이한주를 떠올렸

는데, 밖에서 문 두드리는 소리가 났다. 나가 보니 바로 이한주였다. • 박지
원, 이한주를 추모하며, 『연암집』

어떠냐? 이 정도라면 누구라도 벗하고 싶어지는, 따뜻하고 센
스 충만한 사람 아니냐? 오해는 하지 마라. 너의 글에 반박하는 건
아니다. 네가 박제가의 편을 하도 강하게 들었기에 그냥 이한주의
장점을 살짝 보인 것뿐이다.

조건 없는 수긍보다 적극적인 반박을 중시한 너의 논리엔 나도
어느 정도 동의한다. 동의한다기보다는 뭐랄까, 닭과 달걀의 우선
순위를 가리는 것처럼 답이 없는 문제니까. 융통성을 발휘해 이렇
게 말할 수 있겠다. 흔쾌히 받아들이는 것도, 격렬하게 반박하는
것도 모두 우정이라고. 내 의견에 대해 너는 어떻게 생각하느냐?

오래간만에 긴 글을 쓰다 보니 오호, 재미가 있네. 그래서 김창
협이 등장하는 훈훈한 이야기를 보너스로 하나 더.

김창협과 한동네에 살았던 이제안은 나귀 한 마리를 길렀다. 오
늘날 사람들이 반려동물 대하듯 아끼고 사랑했다. 그런데 김창협
에게는 특이한 버릇이 하나 있었다. 멀리 외출할 일이 생겼을 때
마다 이제안의 집에 들렀고 나귀를 교통수단으로 삼았다. 이용 절
차? 교통카드를 찍는 것보다 더 간단했다.

"쓸 일이 있으니 빌려주게."

이제안은 어떻게 했을까? 군말 없이 빌려주었다. 이유 같은 건 아예 묻지도 않았다. 김창협은 이제안의 외양간을 자기 집인 양 수시로 드나들었다. 나귀로서는 주인이 헷갈릴 지경이었겠다. 아, 오해하지는 말길. 김창협이 아무런 대가도 지급하지 않고 뻔뻔하게 매번 무상 이용한 건 아니다. 이제안의 의리를 칭찬하는 글을 써서 제대로 보답했다.

나는 이제안의 높은 의리에 감동했다. 공자가 사라졌다고 한탄한 의리를 오늘날 다시 볼 수 있게 된 사실이 기뻤다. • 김창협, 이제안에게 사례하다. 『농암집』

어떠냐? 이제안도 김창협도 참 멋진 벗 아니냐? 오늘날에도 이런 벗들이 여기저기 우후죽순, 많고 또 많이 나타났으면 정말 좋겠다. 비록 나귀 탈 일은 없어진 세상에 살지만 말이다. 아, 나귀 타고 대나무 숲에 놀러 다니던 시대가 그리워지는구나. 그때가 참 좋았지!

추신 지난 메일에 쓴 문장 중에 조금 걸리는 게 하나 있더라. '**저는 경박하고 어쭙잖은 작가 따위는 되고 싶지 않습니다.**' 그거 혹시 바닥권 작가인 날 저격하려고 일부러 진하게 쓴 거 아니냐? 그나저나 내가 선물한 책은 마음에 드냐?

돈 없으면
우정도 개뿔?

저격 의도 따위는 전혀 없었음을 미리 말씀 드립니다. 박제가의 표현을 요즈음 식으로 바꾼 것뿐입니다. 예상 대로 물러서거나 수긍하지 않고 자꾸 따지고만 드니 솔직히 말하지요. 공식 발표입니다. 저는 삼촌에게 그 정도로 깊은 관심을 두고 있지는 않습니다. 성적도 제 문제이니 괜히 신경 쓰지 마시기를 바랍니다.

그리고 나귀라…. 초고속 열차가 날다시피 달리는 21세기에 웬 나귀입니까? 나귀 타던 시절이 그립다니, 나귀를 타 본 적이나 있습니까? 도대체 어느 별에 살았습니까? 삼촌이야말로 외계인 아닙니까? 하는 말들이 통 마음에 안 든다고 물러설 수는 없지요. 기왕 시작했으니 제대로 맞서겠습니다. 시대와 동떨어진 나귀에는 나귀로!

1756년 가을, 유언호와 신광온이 멋진 말을 타고 박지원을 찾아와 금강산에 같이 가자고 권했습니다. 박지원은 말 등을 쓰다듬으면서 딴소리를 했습니다.

"말이 참 잘생겼네."

벗들이 대답을 채근하자 입을 쩝쩝거리며 말했습니다.

"부모님이 계시기에 함부로 먼 곳에 놀러 갈 수 없네."

박지원의 태도가 워낙 단호했고 부모를 최우선으로 생각하는 유교의 관점에서 볼 때 이유 또한 그럴듯했기에 두 사람은 거절을 받아들였습니다.

둘을 배웅하고 돌아오는데 집 앞에는 아버지가 서 있었습니다. 아버지는 다 아는 것처럼 물었습니다.

"흐흠, 나를 이용했구나. 왜 나를 핑계 삼았느냐?"

"죄송합니다."

"죄송은 무슨. 그건 아무래도 괜찮다만 함께 놀러 가지 그랬니? 명산을 유람할 좋은 기회가 아니더냐?"

박지원은 잠깐 머뭇거렸습니다. 아버지의 독촉을 받고서야 솔직한 마음을 털어놓았습니다.

"사실은 말입니다, 돈이 없습니다."

"돈이야 마련하면 되지."

"구할 곳도 없고 아버지에게 폐를 끼치고 싶지도 않습니다."

열두 살이나 많은데 친구라고?

"그렇구나."

"그렇습니다."

"그렇지."

"그렇지요."

아버지와 박지원 모두 백수
였다는 사실을 알면 수
십 년 전에 유행한 썰렁
만담 같은 대화 이해에
조금 더 도움이 되겠네
요. 돈이 없다는 말은 차마 하기 어려우니 암호문 같은 대화가 이
어진 것이고요. 뭐랄까, 백수의 고충이지요! 삼촌도 잘 아시리라
믿습니다.

그런데 그 시간 아버지와 아들의 대화를 몰래 엿들은 사람이 한
명 있었습니다. 박지원을 보러 들른 또 다른 벗 김이중이었습니
다. 돈 때문에 여행을 못 간다는 쓸쓸한 진실 때문이었을까요, 부
자간의 분위기가 조금 어색해졌습니다. 김이중은 집으로 돌아와
서 곧장 편지를 썼습니다. 하인에게 들려 보낸 편지 내용은 다음
과 같았습니다.

"이 돈이면 유람을 떠날 수 있겠지?"

의아해하는 박지원에게 하인이 돈뭉치를 건넸습니다. 100냥이
었습니다. 박지원은 그 돈으로 나귀를 사고 하인을 구했습니다.

박지원은 서둘러 떠났고, 다시 만난 세 사람은 즐겁게 금강산 유람을 즐겼습니다.

　삼촌, 이 이야기의 교훈이 뭘까요? 벗의 진심을 헤아리는 속 깊은 우정 같은 뜬구름 잡는 이야기 말고, 이 시대에 어울리는 실질적인 교훈 말입니다. 금강산 유람을 위해서는 돈이 필요하고, 돈이 없으면 김이중 같은 부유한 벗을 두어야 한다는 겁니다. 바꿔 말하면, 삼촌이 지금보다 훨씬 더 유명한 ― 그냥 솔직하게 말할까요? 바닥을 기는 게 아니라 걸어서 다니는 ― 작가가 되기를 꿈꾼다면 최신 사양 노트북을 직접 사거나 선물해 줄 벗을 찾아야 한다는 겁니다. 빈둥대는 시간은 줄이고 글 쓰는 시간은 늘려야 하는 건 더 말할 필요도 없는 기초 중의 기초이겠고요!

　두 손 모아 정중하게 부탁드립니다. 제발 제 노트북을 아무 말 없이 들고 가지 좀 마세요. 저는 김이중이 아닙니다! 노트북이 꼭 필요한 학생입니다! 그리고 다시 말하지만, 삼촌과 제가 물건을 함께 쓸 만큼 친밀한 벗은 아니지 않습니까? 말 나온 김에 하나 더 말하겠습니다. **'흔쾌히 받아들이는 것도, 격렬하게 반박하는 것도 모두 우정이라고'** 주장했습니다만 저는 동의하지 않습니다. 좋은 게 좋은 거 아니냐는 식의 편의적이고 어중간한 생각은 사절입니다.

추신 증정 도장이 큼지막하게 찍힌 책은 또 뭔가요? 선물의 정의를 모르시나 보군요. 의미도 의심스럽습니다. 노트북 대신 책? 디지털 대신 아날로그? 디지털 디톡스? 게다가 삼촌이 남긴 그 문장, '조카님 덕분에 오늘도 완존 행복합니다, 때댕땡큐.'가 과연 작가라는 사람의 글입니까?

         그것참, 나이도 어리면서 정곡을 콕콕 잘도 찌르는구나. 가슴에 시퍼렇게 멍이 들었다. 책임 추궁은 하지 않을 테니 커다란 파스나 선물해 주렴. 그나저나 네 엄마를 쏙 빼닮았구나. 용모만 그런 줄 알았더니 성격도 판박이였군. 뭐 하나 그냥 넘어가는 법이 없구나. 아, 역시 피는 물보다 진하네. 가족은 역시 가족이네. 봉인했던 옛날 추억이 비눗방울처럼 보글보글 마구 떠오른다. 보통의 누나라면 나이 차이가 상당한 남동생을 귀여워하기 마련이겠지. 네 엄마는 전혀… 아, 할 말은 많지만, 더 하지는 않겠다.

'좋은 게 좋은 거 아니냐는 식의 편의적이고 어중간한 생각은 사절입니다.'라는 단호한 선언을 깊이 생각해 보았다. 일리가 있다. 직선적인 너의 성격과 상통하는 바도 있고. 하지만 다양성 중시를 삶의 중요한 지향점으로 여기는 나는 이런 의문도 든다. 우정이라는 게 과연 그렇게 단순할까? 이것과 저것 중 꼭 하나를 골라야 하는 문제일까?

　유승탄은 자신의 정자에 청풍(淸風), 맑은 바람이라는 이름을 붙였다. 유승탄의 벗 박생은 자신의 서재에 명월(明月), 밝은 달이라는 또 다른 맑은 이름을 붙였다. 그들은 이름처럼 맑은 사람이 되기를 원했다. 그래서 유승탄은 조정 대신들을 비판하는 상소를 올렸다. 구구절절 옳은 내용이었다. 하지만 성종은 칭찬은커녕 말도 안 되는 가혹한 처벌을 내렸다.

　"나이가 28세면 애도 아니고 상소를 올린 걸 보면 무식한 인간도 아니다. 그런데 감히 조정 대신들을 꾸짖다니. 형장 80대를 선물한다."

　상소 한 장에 과민한 반응을 보이는 성종도 이해하기 어렵지만, 더 어이없는 건 조정 대신들이다. 그들은 유승탄과 박생을 유청풍, 박명월이라 부르며 비웃었다. 자기들만 맑은 척, 깨끗한 척한다는 이유에서였다.

　조정의 타락을 몸과 마음으로 체험한 둘은 결심했다. 함께 은거하기로. 마치 한 사람처럼 둘의 생각은 똑같았다. 둘은 세상과는 담을 쌓은 채 그들의 우정을 연료로 밥을 짓고 반찬을 만들어 먹으며 평생을 맑게 살았다.

　조형은 검소하고 부지런했다. 남이웅은 호방하고 목소리가 컸다. 그런데 둘은 무척 친했다. 누군가 조형에게 물었다.

"뜻과 취미가 비슷해야 벗이 되는 법, 닮은 점도 없는데 어찌 그리 친하게 지내시나?"

"나는 남이웅의 의협심이 늘 부러웠고, 남이웅은 나의 부지런함을 부러워하네. 서로를 좋아하는 비결이지."

서로 닮은 유승탄과 박생도, 전혀 닮지 않은 조형과 남이웅도 평생 벗으로 살았다. 우정의 넓이와 깊이를 보여 주는 이 맑고 아름다운 사례들을 너는 어떻게 생각하는지? 그리고 또 하나, 실질적인 교훈이라는 너의 말에도 이의를 제기한다. 솔직히 그건 자본주의적이고 속물적인 견해 아니냐? 네가 하도 티 나게 박제가를 편드니 나귀 타고 금강산 갔던 박지원이 박제가에게 쓴, 유희 정신을 듬뿍 담은 호탕한 편지로 응수해야겠다.

구차하게 자주 신세를 지는군. 쯥쯥쯥… 그래도 말이지, 역시 많이 보내 주면 보내 줄수록 기쁘겠네. 빈 술 단지는 덤. 내 마음 알지? 가득 채워서 돌려주게. • 박지원, 박제가에게, 『연암집』

많이 보내 주면 보내 줄수록 기쁘겠다는 물건은 과연 뭘까? 그래, 돈이지, 돈. 돈 한 푼이 없어 쩔쩔매는 모습이 눈에 훤히 보이지만 오히려 있는 대로 다 달라는 뻔뻔한 농담으로 훌륭하게 극복하고 있지. 아, 물질을 넘어선 아름다운 우정이 장마철 강물처럼 차고 넘치지 않니?

우정은 말이다, 역시 차고 넘쳐야 제맛이지. 자로 재듯 여기까지 하며 딱 자를 수 있는 게 아니란 말이다. 나이답지 않게 야박하고 계산적인 너도 깨닫는 바가 있었으면 좋겠다. 그리고 증정 도장이 찍혔다고 책의 가치가 하락하는 건 아니다. 모름지기 책이란 펼쳐서 읽는 것, 안에 든 내용이 가장 중요하니까.

추신 빈둥대는 시간은 줄이고 글 쓰는 시간은 늘리라는 너의 뼈 때리는 지적의 말은 잘 들었다. 제대로 된 작가라… 반성하마. 무엇보다도 나는 벗의 의견에 귀를 기울이는 사람이니까. 그 의견이 옳건 그르건 말이다, 하하(네가 뭐라 그러건 나는 실제로 이렇게 웃는다).

그런데 나에 대한 오해 한 가지는 바로잡고 싶다. 너는 왜 내가 백수의 심정을 잘 안다고 여기는 거냐? 삼촌은 백수가 아니라 작가란다. 제대로 되었는지 덜 되었는지는 잘 모르겠지만, 그 점은 뭐 인정한다만 말이다, 하하.

선물은 역시
크기가 중요하지

이원익은 우리 역사상 손꼽히는 훌륭한 재상입니다. 비결은 간단했습니다. 어진 사람을 등용하고 어리석은 사람을 쓰지 않는 것. 말은 쉬워도 실천은 어렵지요. 그런데 이원익에게는 인재 등용을 돕는 숨은 조력자 조충남이 있었습니다. 조충남은 말을 무척 아끼는 사람이었습니다. 이런 조충남은 어떻게 이원익을 도왔을까요?

이원익은 손님을 맞을 때면 늘 조충남을 가까이에 앉혔습니다. 이야기를 나누면서 조충남을 슬쩍슬쩍 보았습니다. 조충남이 웃으면 합격, 찡그리면 불합격이었습니다. 조충남의 감식안은 탁월했습니다. 등용된 사람은 능력을 보여 주었고, 등용되지 않은 사람은 나쁜 일에 얽혀 물의를 일으키는 경우가 많았습니다. 이원익은 이 훌륭한 벗에게 빈소 선생이라는 별명을 붙여 주었지요. 빈은 찡그릴 빈(嚬), 소는 웃음 소(笑), 즉 웃고 찡그리는 선생이라는 뜻입니다.

저 또한 벗의 의견에 귀를 기울이는 이원익입니다. 벗이 믿음직하다면 말이지요. 말수가 적은 벗이면 더더욱 그렇고요. 삼촌이 두 기준에 부합한다고 생각하지 않습니다. 하지만 그냥 넘어가겠습니다.

아무튼 제 말이 조금 과격했던 건 사실이니 반성합니다. 편협한 사람이 되고 싶지는 않습니다. 삼촌의 의견도 어떤 면에서는 맞는 말이기도 하고요. 그렇다고 삼촌이 다양성을 중시하는 삶을 살고 있다고 생각하지는 않습니다.

말이 나온 김에 삼촌을 은근슬쩍 백수로 규정한 것에 대해서도 사과합니다. 하지만 삼촌의 하루 생활을 유심히, 아니 대충이라도 살펴보았다면 누구라도 그런 오해는 할 것입니다…. 더 말하지는 않겠습니다. 따로 말하고 싶은 주제가 있기 때문입니다.

1785년 봄 정동유는 벗에게 커다란 선물을 받았습니다. 두 손으로 안기도 어려운 크기의 괴석! 말 그대로 커다란 선물이었지요. 괴석 마니아 정동유는 흥분한 상태로 벗에게 물었습니다.

"어디에서 가져왔나?"

"철령이라고 들어는 봤나?"

철령이 어딘지는 구글 지도를 참조하시기 바랍니다. 중요한 사실은 머나먼 북쪽 지방 철령에서 서울까지 벗이 괴석을 직접 운반해 왔다는 겁니다. 도대체 왜? 벗의 대답은 짧았습니다.

"자네가 기뻐할 걸 아닌가."

벗이 선물한 괴석은 정동유의 정원에 있던 소나무와 찰떡궁합처럼 잘 어울렸습니다. 마치 사전에 조사라도 하고 간 것처럼!

삼촌, 이런 게 선물입니다. 내용이 어떠하건 간에 출판사 증정 도장이 찍힌 책을 주는 건 선물의 도리에 어울리지 않습니다. 처치 곤란이라 만만한 저에게 넘긴 것뿐이지요. 제 말이 틀렸습니까?

그리고 하나 더. 박제가가 쓴 답장은 모르십니까? 삼촌이 좋아하는 유희와 제가 사랑하는(?) 자본주의 모두에 충실한 그 답장 말입니다. 모를 리는 없을 테니 일부러 모른 척한 것이겠지요. 좋습니다. 까짓것, 제가 찾아드리지요. 자, 박제가의 답장입니다.

열흘 장마에 밥 챙겨서 가는 멋진 벗이 되지 못해 부끄럽습니다. 두 냥을 보냅니다. 술? 없습니다. 질문. 원하는 걸 다 가지려 하는 사람을 뭐라할까요? 도둑놈입니다. • 박제가, 박지원에게 답하다, 『연암집』

어떻습니까? 박제가는 참 똑 부러진 사람 아닙니까? 야박하고 계산적인 저는 역시 박제가처럼 할 말은 확실히 하는 사람이 좋습니다. 우정은 우정, 농담은 농담, 계산은 계산이랍니다. 계산을 제대로 하지 않으면 농담도 빛을 잃고 우정도 사라집니다!

자꾸 애매하게 넘어가니 이 기회에 확실히 하지요. 삼촌은 약한 달 전에 우리 집으로 들어왔습니다. 그전에는 1년에 한두 번 명절 즈음에 만나 얼굴 보고 몇 마디 나누는 게 고작이었고요. 그런데도 마치 오랜 벗인 것처럼 스스럼없이 구는 게 아무래도 저에게는 거슬립니다(이 또한 삼촌이 외계인이라는 증거 아닙니까?).

우정이라는 게 단순한 그 무엇이 아니란 생각에는 저도 동의합니다. 많이 만났다고 가까운 것도 아니고 덜 만났다고 먼 것도 아니지요. 하지만 삼촌의 경우는 너무 많이 건너뛰고 생략한 건 아닐까요? 또 하나, 장마철 강물처럼 차고 넘치는 우정은 위험한 거 아닙니까? 저는 그런 무서운 강물에 발을 담그고 싶지는 않습니다.

◦✦◎⊙   아무래도 노트북 때문에 단단히 삐친 모양이구나. 미안하게 됐다. 출판사 사람을 만나기로 했는데 얼리 어답터 성향이었다. 저번에 내 낡고 두꺼운 노트북을 보고 티 나게 놀라던 게 기억이 났다. 이번에는 최신 사양 노트북을 들고 나가 어깨에 힘을 주고 싶었다. 바보 같은 소리인지는 몰라도 그런 사소한 일에는 지고 싶지 않거든. 하나를 양보하면 둘, 셋을 포기하게 되거든…. 노트북은 책상 위에 놓아두었다.

문화 상품권 두 장은 내 마음의 표시이다. 그래, 증정 도장이 좀 거슬릴 수도 있겠지. 왠지 기분이 안 나긴 하지. 좋다. 인정! 문화 상품권으로 네가 원하는 새 책을 마음껏 사서 읽기 바란다. 가족이자 벗이니 ─ 너는 나를 벗으로 여기지는 않는 것 같다만, 뭐 가족으로도 마지못해 인정하는 것 같고 ─ 정성 가득한 사죄와 감사 쇼는 이 정도로 마무리하마.

네 말대로 우리가 매일같이 만난 오랜 벗 사이는 아니지. 이전에 친밀하게 지냈던 기억이 넘치는 것도 아니고. 생각해 보니 내가 너무 들이대는 느낌일 수도 있었겠다. 하지만 우정이란 꽤 신기한 놈이라 심지어는 만난 적 없는 사이에도 생겨난다고 나는 생각한다. 성해응의 이야기 하나 들려주마.

성해응은 거문고 달인 이금사를 만나 본 적이 없었다. 이금사가 죽었기에 거문고 연주를 들을 기회는 영원히 사라졌다. 시디도 음원도 없던 시대였으니 그야말로 끝. 그런데도 성해응은 이렇게 썼다.

이금사가 늘 내 곁에서 거문고를 연주하는 기분이다. • 성해응, 이금사의 거문고 소리를 추모하다, 『연경재전집』

무슨 소리일까? 귀신이 나오는 공포 영화인가? 아니다. 이유가

있다. 실제로 이금사를 만나 거문고 연주를 들은 이가 성해응 주변에 있기는 있었다. 성해응의 벗 김기서는 이렇게 썼다.

"초겨울 낙엽 진 밤에 거문고 소리를 들었다. 사방 벌판은 깜깜한데 달빛만이 창을 비추었다. 거문고 소리는 차분하면서도 진실했다. 타는 곡조는 느리고 완만했다."

이제 문제를 풀 시간. 김기서가 들은 이금사의 거문고 연주는 도대체 어떻게 성해응의 귓가로 옮겨 왔을까? 이 신비로운 현상을 풀 단서는 역시 성해응과 김기서가 벗이라는 사실에 있다. 성해응은 김기서의 집을 방문하고 감탄한 적이 있다.

"집에 들어가 보니 추녀와 창, 기둥, 섬돌 계단, 울타리가 모두 단정하고 가지런했다. 방 안에 들어가 보니 책상, 술잔, 책, 약주머니가 다 깨끗하고 좋았다. 문에 기대어 보니 꽃과 과일나무와 대나무 등이 온통 그늘을 드리우며 어우러졌다. 나는 이 모든 풍경을 10년째 마음에 품고 하나도 잊지 않았다."

한마디로 모든 게 다 좋았다는 이야기다. 모든 면이 마음에 들었고 그 기분이 오랜 시간이 지나도 사라지지 않았다는 이야기다. 찰떡궁합! 그런 김기서가 이금사의 거문고 연주를 칭찬하는 편지를 보냈다. 읽는 동안 성해응의 귀에는 거문고 소리가 들렸다. 한 번도 들어 본 적이 없는 소리, 그러나 이미 들어 본 듯한 친밀하고 아름다운 소리.

정말 멋진 이야기 아니냐? 성해응은 자신이 좋아하는 김기서의 편지로 이금사의 거문고 소리를 들었다. 그리고 만난 적 없는 이금사와 벗이 되었다.

　그리고 너의 괴석 이야기, 흠, 새로웠다. 선물은 크기가 중요하다는 외계 측량학적인 견해도 무척 흥미로웠고. 지고 못 사는 성향에 따라 또 다른 괴석으로 상대한다.

　화가 이유신은 정동우보다 두 배 더 — 지고 싶지 않다고! — 괴석을 사랑했다. 어느 날 신위의 집을 찾은 이유신은 입을 다물지 못했다. 윤기가 잘잘 흐르고 빛이 나는 괴석이 책상 위에 놓여 있었다. 이유신은 괴석에서 눈과 손을 떼지 못했다. 그러다 보니 신위의 말에 자꾸 앞뒤가 안 맞는 대꾸를 했다. 신위가 결단을 내렸다.

　"더 좋아하는 사람이 가지는 게 맞겠지요. 하인 편에 보내겠습니다."

　이유신은 정말인지 물었고, 신위는 그렇다고 대답했다. 한 번쯤은 거절하는 게 예의였지만 이유신은 신위가 마음을 바꿀까 두려워 아예 말도 꺼내지 않았다. 이유신은 하인도 물리치고 직접 괴석을 들고 갔다. 지나가는 사람들의 말에 의하면 두 손으로 괴석을 떠받치고 의기양양하게 걸어갔다고 한다. 마치 우승 기념 트로피인 것처럼.

이유신이 그린 〈가헌관매도〉를 찾아보기 바란다. 단연 괴석이 눈에 띈다. 매화를 감상하는 관매도가 아니라 괴석을 자랑하는 관석도 같다. 어쩌면 이 괴석이 바로 신위에게 선물 받은(?) 물건일 수도 있겠다.

마지막으로 다시 말한다. 미안했다. 고마웠다. 앞으로는 더 좋은 벗이 되도록 노력하마. 아, 그리고 하나 더. 장마철 강물처럼 차고 넘치는 우정의 문제를 꼬집어 지적한 부분도 그냥 넘어갈 수는 없다. 치졸한 느낌이지만 뭐랄까, 오해는 풀고 싶어서. 신정하가 이위에게 보낸 그리움 듬뿍 담긴 편지다.

어제 강가 누각에서 바라본 강물은 장관이었습니다. 그대 생각이 났습니다. 전에 우리는 함께 배를 타고 천 길 아득한 꼭대기에 자리 잡은 누각을 바라보았지요. 어제는 강물이 누각 바로 아래까지 차올랐습니다. 용과 뱀과 물고기와 자라가 사람 사는 곳에 뒤섞였습니다. 보이는 건 탁한 물결이 허공을 밀치는 광경뿐이었지요. 아, 아쉽게도 그대는 없었습니다. 이 글로나마 그대의 적적함을 달래 드리려고 합니다. • 신정하, 이위에게, 『서암집』

말할 필요도 없는 일이지만 장마철 강물 운운한 건 비유란다, 비유! 신정하가 설마 정말로 용을 보았겠니?

(추신) 그래도 메일에 꼬박 답을 하는 것을 보면 너도 나를 일종의(?) 벗으로 여기고 있는 건 틀림없는 사실 같구나. 그래, 제일 무서운 건 무관심이지. 미워하고 흉보는 건 애정이 있다는 증거이고. 그래서 나는 너의 가시 돋친 말을 아끼고 사랑한다, 하하!

네, 메일에 꼬박 답은 하고 있지요. 너무 앞질러 가지는 마세요. 벗이라서가 아니라, 저와의 소통을 원하는 삼촌의 뜻에 기본적으로는 찬성하기 때문입니다. 나이 서른이 다 되어서 엄마의 휘하로 기어서 들어온 —비유랍니다. 설마 삼촌이 정말로 기어서 들어왔겠습니까? —삼촌에게도 생존을 위해 이 집에서 해야 할 역할이 분명 있을 테니까요.

문상은 잘 쓰겠습니다. 오천 원짜리 두 장으로 마음껏이라…, 투정이 길어지면 계산적이니 어쩌고저쩌고하는 말이 또 튀어나올 테니 이만 생략하겠습니다. 네, 감사한 마음으로 받겠습니다.

그렇지요. 삼촌 말대로 꼭 얼굴을 맞대야만 벗인 것은 아닙니다. 만나지 않고도 벗이 될 수 있습니다. 그 의견에는 저도 동의하는 바입니다. 하지만 필수 조건이 하나 있지요.

나의 진짜 모습을 알아주는 이, 그 사람이 바로 벗입니다.

삼촌이 인용한 이야기들도 의미는 비슷하다고 생각합니다. 만난 횟수가 아니라 상대의 진짜 모습을 어느 순간 보았느냐 하는 부분!

〈가헌관매도〉를 찾아보았습니다. 네, 커다란 괴석이 눈에 띄네요. 숨은그림찾기 놀이는 불가능하겠습니다. 생김새도 괴이한 게 말 그대로 괴석이로군요. 내친김에 아끼는 물건이었을 괴석을 선물해 버린 신위가 궁금해져서 자료를 찾았고, 짧은 이야기로 구성해 보았습니다. 기본적으로 풍류가 넘치는 분이었군요. 선물하는 것을 삶의 보람으로 여기고 받은 것을 귀하게 간직한 분이었군요. 누구(?)와는 다르게 함량 미달의 선물로 장난치지는 않았다는 말입니다. 읽어 보세요. 인격 성분이 무척 부족한 외계인에게 강추합니다.

신위가 새집으로 옮겼을 때의 일입니다. 새집은 전의 집에 비해 초라했습니다. 정원의 푸른 갈대 몇 포기가 전부였습니다. 신위는 붓을 들어 집의 이름을 지었습니다. 벽로방(碧蘆舫), 푸른 갈대로 만든 배라는 뜻입니다. 이름을 붙이니 집이 조금 달라 보였습니다. 하지만 빈 벽이 마음에 걸렸습니다. 신위는 다시 붓을 들었습니다. 중국에서 만난 스승 옹방강과 중국인 벗들에게 집 이름을 알리고 벽을 채울 시를 보내 달라는 편지를 썼습니다.

얼마 후―표현과는 달리 아마도 꽤 오랜 시간이 걸렸겠지요―스승과 벗들의 시가 차례로 도착했습니다. 벽에 거니 방 안이 환하게 빛났습니다. 새집은 이제 전혀 초라하지 않았습니다. 신위는 어느 벗이 시에 쓴 내용으로 방에도 이름을 붙였지요. 시몽실(詩夢室), 시를 꿈꾸는 방이라는 뜻입니다.

추신) 괴석 이야기의 출처가 궁금하신가 보군요. 놀랍습니다… 어느 훌륭한 분이 제게 선물한 증정 도장이 크게 찍힌 책에 나오는 내용입니다. 그리고 정동우가 아니라 정동유입니다.

아재 개그는
그만!

하하, 하하. 네가 읽었는지 확인해 본 거란다. 정동우는 당연히 오타이고, 삼촌이 그 정도로 무식하겠니? 아니다. 너의 벗이 되기로 마음을 먹었으니 습관적인 변명은 그만두마. 미안하다, 사실 정동유가 누군지 잘 몰랐다! 아, 그것도 몰랐던 내가 부끄럽다. 하늘과 땅과 해와 달을 보기가 부끄럽구나.

권언후는 항상 스스로 부족하게 여겼다. 늘 부끄러운 표정이 얼굴에 가득했다. 사람들이 물으면 이렇게 대답했다.

"하늘과 땅에 부끄럽습니다. 성인에 크게 못 미치는 저를 세워 주고 있으니까요. 해와 달에 부끄럽습니다. 성인도 못되는 저를 비춰 주고 있으니까요."

이용휴의 생각은 달랐다.

세상에는 스스로 높이고 남을 업신여기는 이들이 많네. 별것 아니면서도 대단한 뭐라도 되는 것처럼 큰소리치는 이들이 많네. 그들은 부끄러움을 몰라. 부끄러움을 아는 자는 오히려 부끄럽지 않은 사람이라네. •이용휴, 부끄러움에 대해, 『혜환잡저』

추신 정동유보다는 정동우가 더 자연스럽지 않니? 좌향좌, 우향우처럼…. 그리고 네가 쓴 벗의 정의, 참 마음에 쏙 든다. 내가 먼저 말했으면 좋았을걸. 어떻게 조작 편집 좀 안 될까? 널 믿고 당당하게 내 말처럼 쓴다.

나의 진짜 모습을 알아주는 이, 그 사람이 바로 벗이다.

웬일로 부끄럽다고 썼나 했더니 결국은 자신을 추켜세우기 위해서였군요. 너무나 삼촌답습니다. 편집 조작이라니 우리 집이 방송국입니까?

벗 이윤영이 죽자 김종수는 이렇게 썼습니다.

이윤영이 죽었다. 기쁜 일과 슬픈 일, 놀라운 일과 우스운 일, 답답한 일과 안타까운 일들을 만날 때마다 그를 생각했다. 슬프고 부끄러웠다. 내게 충고하는 사람이 없어서 슬펐다. 그를 크게 실망하게 한 게 부끄러웠다. •김종수, 이윤영을 추모하다, 『몽오집』

그를 크게 실망하게 한 게 부끄러웠다는 김종수의 말이 가슴을 먹먹하게 만듭니다. 삼촌, 부끄럽다는 단어의 제대로 된 사용법입니다.

추신 좌향좌, 우향우라 정동우라는 말, 농담입니까? 충격입니다! 서른도 안 되었는데 지나친 아재 개그 아닙니까? 12년의 나이 차이란 어마어마하군요. 우린 같은 하늘 아래 사는 게 아니군요. 삼촌, 지구인 벗으로서 알려드립니다. 농담이란 이런 겁니다.

이황이 고향에 내려간 조식에게 조정에 나와 일할 것을 권유하는 편지를 보냈습니다. 조식의 답장입니다.

눈병이 있어 눈이 침침합니다. 사물을 제대로 보지 못한 지 이미 여러 해랍니다. 공께서 안약을 구해서 제 눈을 뜨게 해 주시면 어떻겠습니까?
• 조식, 이황에게 답하다, 『남명집』

또 따지고 들까 봐 미리 말합니다. 정말로 안약을 구해 달라는 게 아니랍니다. 한 치 앞도 보이지 않는 세상이니 헤쳐 나갈 방법을 알려 달라는 뜻이지요. 이황도 가만히 있을 수 없었겠지요. 이황은 기를 보완하는 약재 당귀를 동원했습니다.

저 또한 당귀를 못 구하는 형편입니다. 그런 마당에 어찌 공을 돕겠습니까? •이황, 조식에게 답하다, 『퇴계집』

당귀는 當歸, 즉 당연히 돌아가야 한다는 뜻입니다. 이황 또한 기분 같아서는 다 그만두고 고향으로 돌아가고 싶지만, 사정이 허락하지 않는다는 뜻입니다. 그러니 조식에게 이래라저래라 충고할 처지가 못 된다는 것이지요. 삼촌, 이게 바로 농담입니다.

　　✦👀🐌　　임탁은 새집에 권필을 초대한 후 자랑했다.
"오동나무 한 그루와 천 그루의 대나무가 이 집의 포인트일세."
삼촌만큼(?) 똑똑한 권필이 그 요란한 힌트를 눈치채지 못했을 리 없다.
"아하, 봉황의 거처로군."
임탁은 다 알면서 모르는 채 물었다.
"무슨 귀신이 씨나락 까먹는 소린지. 이유는?"
"대나무 열매를 먹으며 오동나무에 사는 건 봉황 아닌가? 자네는 나를 바보로 아나?"
"바보 아니던가?"
"이 사람이 정말."
둘은 대나무 숲을 거닐다가 집 안으로 들어왔다. 달빛은 오동나무를 비추었고 시원한 바람이 대나무 숲에서 불어왔다. 임탁이 말했다.

"이만하면 늙어 죽을 때까지 살 수 있겠지?"

"자네 같은 봉황이 집구석에 숨어서 지낸다고? 좋은 세상이 오면 세상이 자네를 그냥 두지 않을 거야."

돌아오는 대답은 없었다. 어느새 임탁은 벽에 기대어 꾸벅꾸벅 졸고 있었다. 권필이 웃으며 혼잣말을 했다.

"우리 봉황이 피곤한가 보군. 그래, 좋은 꿈 꾸게."

이 농담은 어떠냐? 그야말로 격조가 최고 중의 최고지? 엄청나게 우습지는 않지만, 위트가 넘치고 약간의 슬픔도 있지. 의미도 차고 넘친단다. 권필은 임탁의 진짜 모습을 본 사람이었다. 사람들은 임탁을 닭 정도로 여겼지만 권필에게 임탁은 전설의 새 봉황이었다.

그래, 나는 아직 너의 진짜 모습을 잘 모른다. 아는 체해서 미안! 하지만 너에게 봉황이 될 무한한 잠재력이 있다는 것은 안다, 하하. 그래서 까칠한 너와 벗을 하려는 것 아니겠니? 이렇듯 힘들게 메일을 보내 가며 — 나로서는 엄청난 시간을 투자하고 있는 거란다. 믿기지 않겠지만 나도 바빠 — 우정을 유지, 혹은 창조하려 애를 쓰는 것 아니겠니?

말 나온 김에 가벼운 충고 하나 하마. 책상에서 병든 닭처럼 졸지 마라. 졸리면 침대에 누워서 자란 말이다.

추신 네 글에서 느낀 점 하나. 신위의 이름 붙이기 퍼포먼스에서 알 수 있듯 때론 이름이 우정을 만드는 법이지. 정조는 윤행임에게 행임이라는 이름과 석재라는 호를 선물했다. 그를 벗처럼 아꼈기 때문에. 행임에게 행임이라는 이름을 선물하다니 무슨 소리냐고?

하하, 재미난 사연이 숨어 있다. 원래의 이름은 행임(行任)이었는데 어린 세자 순조가 행임(行恁)으로 잘못 썼지. 그걸 본 정조가 행임(行恁)이라는 이름을 아예 새로 선물한 것이고. 한자를 쓰지 않는 우리에겐 무슨 알쏭달쏭 퀴즈 같지만, 사연은 아름답다. 어떠냐, 너한테도 이름 하나 선물해 줄까? 지식이 높고 잘난 척하니 고지식 같은?

어느 날 유금의 집에 이응정이 찾아왔습니다. 유금은 반갑고 부끄러웠습니다. 집안 꼴이 엉망진창이었거든요. 병을 앓는 중이라 토한 냄새도 났습니다. 이응정은 별 내색도 없이 방바닥에 털썩 주저앉았습니다. 유금은 아껴 두었던 술과 유리 술잔을 꺼냈습니다. 이응정이 걱정스러운 눈빛으로 물었습니다.

"술은 마실 수 있겠나?"

"자네가 왔는데 마셔야지. 한 잔 가득 마시게나. 나도 따라 마실 테니."

잠시 후 문이 열리고 유금의 아내가 준비한 상이 들어왔습니다.

"온통 푸른 채소뿐이라네."

이응정은 밥그릇을 깨끗이 비우는 것으로 환대에 응답했습니다. 이응정은 엿새를 머물렀습니다. 삼촌, 알쏭달쏭한 이 이야기가 말하는 바는 도대체 뭘까요?

이응정이 눈칫밥을 먹으며 오래 머문 이유는 오직 하나였습니다. 유금의 건강을 살피러 왔던 것입니다. 엿새를 머물고서야 괜찮겠다는 확신을 얻었지요. 하지만 이응정은 자신의 방문 목적을 끝까지 알리지 않았습니다. 모르긴 몰라도 집에 돌아간 이응정은 약 선물을 잔뜩 보냈을 겁니다. 이응정은 그런 사람이었습니다. 이덕무가 바깥채를 지을 때 제일 먼저 도움을 준 이도 바로 이응정이었습니다.

삼촌, 진짜 모습을 제대로 본다는 건 이응정 같은 경우를 말하는 겁니다. 겉이 아닌 속을 제대로 들여다보는 것! 조카를 봉황이라고 치켜세우다가 곧바로 병든 닭처럼 존다고 흉보는 것과는 종류가 다르지요. 짐작하건대 삼촌은 병든 닭 이야기를 하기 위해 봉황을 끌어들였을 것이 분명합니다. 농담이니 뭐니는 핑계였겠고요. 그런데 삼촌, 삼촌이 제 방문을 벌컥 연 그 순간에 — 제발 그러지 말란 말입니다! — 왜 제가 병든 닭처럼 꾸벅꾸벅 졸고 있었는지 그 이유는 아십니까?

추신 갑자기 웬 선물 공세입니까? 별다방 곡물 라떼 쿠폰, 감사합니다. 그런데 그거 아십니까? 유효 기간이 조금, 그러니까 며칠 지났습니다. 뭐랄까, 삼촌은 엄마와는 참 다르게… 아닙니다. 아마, 몰랐겠지요. 마음은 감사합니다. 쿠폰은 부디 새로 보내시고요. 그리고 농담은 그만! 이름 또한 사절입니다. 다시 말씀드립니다. 농담은 그만!

☉☉ 아, 그랬구나. 당연히 몰랐지(어쩐지 인성 나쁜 김 아무개 작가가 선물이라며 덥석 나한테 보냈을 때부터 미심쩍더라만). 설마 내가 알고 그랬으리라 생각하는 건 아니지? 내가 그 정도로 음흉하고 뻔뻔한 사람은 아니다. 그리고 뻔한 말이지만 선물은 모름지기 마음이다, 마음. 꼼꼼한 네 엄마와 난 좀 종류가 다르지. 남매이긴 하지만 이상할 정도로 닮은 점이 없지. 나도 다 아니까 굳이 생략할 필요는 없단다. 그런 건 배려가 아니라 팩트 폭력이란다. 아무튼 무척 미안하구나. 사과한다. 선물에 관한 눈부시게 아름다운 이야기로 보답하마.

김득신은 사기 술잔 하나를 무척 아꼈다. 늘 책상 위에 놓아두고 그 술잔에만 술을 따라 마셨다. 서울에 머물게 되었을 때 맏아들에게 신신당부했다. 방 청소하는 하인들에게 조심하라는 말을 잊지 말고 해 달라고.

얼마 후 맏아들이 김득신을 보러 왔다. 김득신은 식구들의 안부를 물은 후 곧바로 사기 술잔으로 넘어갔다. 맏아들이 머리를 긁적이며 대답했다.

"깨졌습니다."

"사기 술잔은 원래 깨지기 쉬운 법이지. 언제든 깨질 수 있지."

"귀한 술잔입니까?"

"귀하긴 무슨. 그냥 평범한 사기 술잔이란다."

김득신은 9년 전 친한 벗이 선물한 사기 술잔이라는 말은 하지 않았다. 혹시라도 깨질까 봐 항상 조심스럽게 다뤘다는 말도 하지 않았다. 김득신은 그냥 빙긋 웃었다.

사기 술잔 같은 시원찮은 선물도 아끼는 김득신을 좀 보렴. 김득신은 선물의 금액이 아니라 정성을 봤다. 모르긴 몰라도 깨진 조각도 눈부시게 아름다웠을 것이다. 그래서 눈부시게 아름다운 이야기이고…. 아, 딱히 선물의 가치를 제대로 따지자고 항변하는 글은 아니니 오해는 하지 마라. 쿠폰은 다시 보내마. 남에게 의존하지 않고, 내 금 같고 피 같은 돈으로 새로 사서 보내마.

그냥 끝내기 아쉬워서 지난번에 네가 편들었던 박제가 이야기를 더 하고 싶다. 네 말대로 박제가의 글엔 매력이 있다. 혈기와 진정이 넘쳐 나지. 아쉬운 건 네가 유난히 편을 드는 것뿐? 혹시 박제가처럼 키가 작아서? 물론 농담이다!

박제가가 가난을 견디지 못하고 서울을 떠나는 백동수를 위해 쓴 글을 소개한다. 박제가답게 역시 혈기와 진정으로 가득하다.

저의 벗 백동수는 여태껏 가난하게 지내며 세상에서 대우를 받지 못했습니다. 그래서 이제 가족을 이끌고 깊은 골짜기에 들어가 살려 합니다. 아! 우리의 사귐은 가난으로 맺어졌고 가난으로 채워졌습니다. 그렇지만 저와 백동수의 사귐이 어찌 가난한 자의 우정에 그치겠습니까? 백동수는 가난했지만 저를 만나면 차고 있던 칼을 끌러서 술을 샀습니다. 술에 취하면 소리 높여 노래 부르며 껄껄 웃었습니다. … 백동수가 가난할 때의 벗에 불과했다면 과연 그렇게 자주 저와 어울렸겠습니까? •박제가, 백동수를 전송하며,『정유각집』

박제가와 백동수는 모두 서얼이다. 박제가가 보기에 세상은 공정하지 않다. 금수저들은 별 고생 없이도 평탄한 길을 가지만, 가진 게 없는 이들은 첫걸음조차 내딛기가 쉽지 않다. 떠나는 백동수를 향해 영원한 우정을 다짐하는 박제가의 마지막 말은 그래서 더욱 마음이 아프다. 눈물 한 방울이 찔끔 난다.

벗이여, 떠나십시오! 저는 가난 속에서 벗의 도리를 깨달았습니다.

네 엄마와 이야기를 — 사실은 일방적인 훈계 — 하다가 네가 병든 닭처럼 꾸벅꾸벅 졸았던 이유를 알게 되었다. 네 엄마의 특강 준비를 밤새 도와주었다는 아름다운 이야기를 들었다. 네 엄마도 참. 그런 건 나한테 부탁해도 되는 데 말이다…. 그리고 이름 말인데, 너무 부담 가질 필요는 없다. 삼촌과 조카는 너무 공식적인 느낌이라 가까운 느낌이 안 들어. 네 성격이 조금은 담백해지길 바라는 마음에서 고단백 같은 이름, 어떠니?

어느 대목에서 웃어야 하는 건지 도무지 모르겠습니다. 제 키는 175입니다. 크지도 않지만 작지도 않습니다. 그리고 박제가라… 박제가를 정말 좋아하는 겁니까, 아니면 삼촌의 '가난'을 강조하는 도구입니까? 저는 라떼를 마시고 싶지, 금과 피를 마시고 싶지는 않습니다. 그래도 삼촌의 성의를 생각해 절대 사양은 하지 않겠습니다!

추신 1 엄마랑 대화했다면서 엄마가 삼촌에게 부탁하지 않은 이유는 모릅니까? 엄마가 집에 왔을 때 삼촌은 이미 취침 중이었습니다. 10시도 안 되었는데 말입니다. 종일 집에 있었으니 딱히 피곤할 이유는 없어 보였는데 말입니다. 기억, 안 나시지요?

추신 2 안정복은 이익의 제자였습니다. 제자를 사랑하는 스승이

새 이름을 선물하겠다는 편지를 보냈습니다. 스승을 무척 존경했던 안정복의 답입니다.

이름을 아무리 고쳐도 저는 저 그대로입니다. 그러니 제가 도리를 다하고 잘 살아가면 그걸로 그만이겠지요. •안정복, 이름은 고치지 않겠습니다. 『순암집』

무슨 뜻인지 삼촌의 두뇌 수준으로도 충분히 이해하리라 믿습니다. 그러니 재미없는 이름 타령도 그만!

✦☍   그런 일이 있었구나. 누나는 왜 나를 깨우지 않고… 여러 가지로 미안하다. 그리고 하하, 나는 너처럼 말과 행동이 다른 벗을 정말로 좋아한다! 책상 위에 놓고 간 아이스 아메리카노, 잘 마시마.

권경유는 홍문관 교리를 사직하고 제천 현감이 되었다. 중앙의 요직에 있던 이가 자청해서 시골 현감이 된 것이다. 권경유는 거처를 수리하고 한쪽 구석에 서재를 만들었다. 가까운 벗 김일손에게 이름을 부탁했다. 그렇게 해서 나온 이름이 치헌(癡軒)! '바보의 집'이라는 뜻이다. 김일손은 오해할까 봐 이름을 붙인 이유도 줄

줄이 적었다.

외딴 고을의 현감을 자청했으니 벼슬살이의 요령도 모르는 바보. 주민들의 마음을 어루만지는 데에만 신경을 써 세금도 제대로 못 걷으니 능력도 없는 바보. 살 집만 고치고 관아에는 손도 대지 않았다. 멀쩡한 관아를 부수고 새로 지은 후 자신의 부지런함과 결단력을 자랑하는 다른 관리들과 비교하면 정말로 바보. • 김일손, 내 벗은 바보, 『동문선』

멋진 이야기 아니니? 바보가 좋은 이름이듯 고지식, 고단백도 나쁜 이름이 아닐 수 있지. 네 성이 추씨니까 Go Choo는 어떨까? 이래도 정말 이름이 필요 없겠니?

잘 전달이 안 된 것 같아 큰소리로 다시 말합니다. 지치네요. 짜증이 살짝 나네요. 이름 타령은 그만! 농담도 제발 그만!

그리고 하나 더. 엄마는 삼촌을 5분 넘게 깨웠습니다. 때리기도 하고 소리도 질렀지요. 욕도 조금, 심하게 했습니다. 물론 삼촌은 꼼짝도 하지 않았고요. 삼촌이 써먹은 농담 속에서 꾸벅꾸벅 졸던 임탁은 저리 가라였습니다. 뭐 그렇다는 이야기입니다. 폭력 없는 정확한 팩트입니다.

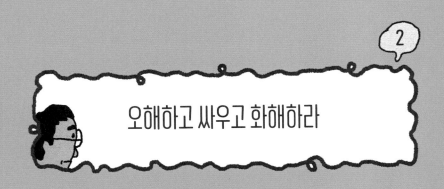

오해하고 싸우고 화해하라

2

갈등 없는 우정은
없는 법

우리가 진짜 벗 사이인 건 이제 틀림이 없다고 확신한다. 그것도 서로 무척 좋아하는 연인 같은 진한 벗 사이. 왜냐고? 싸우고 화해하기를 밥 먹듯 하니 말이다. 전에도 말했지만 싸움은 관심의 증거니까.

어제는 내가 미안했다. 심했다. 목소리까지 높인 건 아무래도 도를 넘어섰다. 아, 나라는 인간은 참. 늙어서(?) 그런지 나쁜 버릇을 버리기란 쉽지 않다. 잔소리꾼 이희조에게 너무 많이 마음을 준 탓일까, 하하.

반성은 반성이고, 잔소리 세례를 다시 퍼부은 이유만큼은 꼭 알려 주고 싶다. 내 반성에 진정성이 부족하다는 말을 들을 각오를 하고서라도. 네 엄마가 신기하게도 너에게는 전혀 잔소리를 하지 않기 때문이다. 나에겐 시도 때도 없이 간섭하고 참견하던, 인정도 없고 사정도 봐주지 않던 그 차갑고 무섭던 누나가 말이다. 네 엄마가 착한 배역을 가로챘으니 나로서는 선택의 여지가 없는 셈이다. 네 표현대로라면 엄마 휘하로 기어서 들어온 내가 생존을 위해 택할 수 있는 유일한 길이기도 하다.

너의 마음은 안다. 아니다, 이렇게 말해서는 안 되겠지. 너의 마음을 어렴풋이 짐작은 한다. 네 아빠가 세상을 떠난 지 이제 9개월이니까. 하지만 이렇게도 생각할 수 있겠다. 어느덧 9개월이라고.

아, 어렵다! 슬픔을 이겨 내는 데 필요한 기한이 정확히 명시되었더라면 좀 달랐을까, 옛날 삼년상 제도처럼. 삼년상은 애도의 기간이지만 이제 슬픔을 끝내고 세상으로 나와도 된다는 공식적인 허락의 의미가 담긴 기간이기도 했다. 하지만 그건 다 옛날이야기, 공식 기간은 더는 없고, 애도와 극복은 기간과 방법 모두에서 온전히 개인과 가족의 몫이 되었다.

아무튼, 그 슬픔이 너의 마음을 끝도 없이 계속 짓누르는 건 좋은 상황 같지는 않다. 너도 알다시피 슬픔은 어느 순간 분노로 모습을 바꿔서 나타나기 마련이고 그럴 때마다 주위 사람들도 그 감정의 영향을 받게 되니 말이다.

네 엄마도 강철 인간은 아니다. 모르긴 몰라도 네 아빠가 바라는 일도 아닐 터. 그러니 이제 너도 마음을 추스르고 앞으로 나아가야 하지 않을까? 너에겐 아직 가야 할 길이 많이 남아 있으니까. 아니, 너는 아직 그 길을 제대로 걷지도 못했으니까. 원한다면 나 또한 너와 함께 그 길을 걷겠다. 네가 혼자서 걸을 수 있을 때까지 말이다.

내가 쉽게 포기할 거라 여기지는 마라. 너의 마음을 바꾸기 위해서라면 나는 기꺼이 악역을 맡겠다. 나의 끈기에 대해서는 이제 알리라 믿는다. 그런데 왜냐고? 다시 말하지만, 반복해 말하지만 나는 너의 벗이니까. 정약용은 벗이라는 존재의 놀라움에 대해 이렇게 썼다.

상하 오천 년 중 더불어 같은 세상에 사는 것은 우연이 아니다. 종횡 삼만 리 가운데 더불어 같은 나라에 사는 것도 우연이 아니다. •정약용, 죽란시사첩 서문, 『다산시문집』

부족한 내가 너의 곁에 있는 건 우연이 아니다. 다시 말하마, 나는 너의 벗이다.

이이는 벗에는 세 종류가 있다고 했다. 함께 글을 지으며 즐기는 문우(文友), 일터에서 서로 이끌어 주는 환우(宦友), 도리를 함께 공부하는 도우(道友). 문우(노는 벗)와 환우(동료)는 같이 놀거나 서로 칭찬하고 다짐하는 것을 유난히 사랑한다. 도우(진짜 벗)는 다르다. 자주 만난다고 친하게 여기지도 않고, 칭찬한다고 고맙게 여기지도 않고, 맹세한다고 믿음직스럽게 여기지도 않는다.

오직 뜻을 같이하는 것을 친하게 여기고, 착하게 살라고 요구하는 것을 고맙게 여기고, 도리를 지키는 것을 믿음직스럽게 여긴다. •정약용, 세가지 벗, 『다산시문집』

요약하자면 자주 만나고, 칭찬하고, 서로의 앞날을 돌봐 주기로 헛된 말로 여러 번 약속한다고 해서 벗은 아니라는 뜻이다. 자주 만나지 않아도, 심한 욕을 해도, 네가 알아서 홀로서라고 계속 말하는 이도 진짜 벗이 될 수 있다는 뜻이다. 그러니까 말이다… 나는 너에게 도우, 진짜 벗이 되고 싶다는 뜻이다!

이달충의 글입니다.

제대로 된 사람이 나더러 제대로 된 사람이라고 말하면 기쁜 일이겠고, 사람답지 못한 이가 나더러 사람답지 않다고 말해도 역시 기쁜 일이겠지요. 하지만 사람답지 못한 이가 나더러 제대로 된 사람이라고 말하거나, 제대로 된 사람이 나더러 사람답지 않다고 말하면 그건 몹시 두려운 일이겠지요. 그러므로 중요한 건 나를 평가하는 사람이 어떤 사람이냐는 것입니다. • 이달충, 사랑하고 미워하는 것, 『동문선』

(추신) 우리가 싸우고 화해하기를 반복했던가요? 삼촌이야 그랬을지도 모르겠지만 저는 별로 그런 기억이 없습니다. 그리고 미워하는 것은 정말로 미워서일 수도 있다는 건 모르십니까?

글이 아예 가시밭과 지뢰밭의 절묘한 콤보로구나. 내 이름을 말하지도 않으면서 절묘하게 나를 욕하는 기술 하나는 대단하다. 벗 사이임을 대놓고 무시하는 그 차가운 반응이라니! 무관심으로 대응하겠다 이거지? 주고받은 메일로 쌓인 우정의 마일리지가 한순간에 사라지는 아쉽고 허전한 느낌!

그렇다고 흔들릴 내가 아니다. 나라는 인간의 지치지 않는 본성, 더 설명하지 않으마. 홍대용의 글을 읽으며 마음을 다잡았다. 마침 좋은 글이 하나 있더라. 오해하지 마라. 네가 아니라 내가 경청해야 하는 의미에서.

벗을 사귈 때는 무엇보다 진실해야 한다. 벗의 훌륭함을 기뻐하고 칭찬

해야 한다. 벗의 부족함을 걱정하고 충고해야 한다. 나보다 나으면 이끌어 달라 부탁하고, 내 잘못을 알려 주면 고쳐야 한다. 벗과 토론할 때는 흥분하지 말아야 한다. 자기 의견부터 먼저 말하는 것도 피해야 한다. • 홍대용, 벗 사귀는 법, 『담헌집』

　다 인정하마. 내가 제대로 된 사람이 아니라는 너의 지적은 명심하겠다. 진심으로 나를 미워할 수 있다는 가능성도 인정하겠다. 나은 사람이 되도록, 너에게 어울리는 제대로 된 벗이 되도록, 무엇보다도 미움을 사지 않도록 노력하겠다. 흥분도, 주장도 가라앉히고 피하마.
　기왕 홍대용의 이름이 나왔으니 안 다루면 섭섭할 아름다운 우정 이야기 하나는 짚고 넘어가기로 하자. 홍대용은 가까웠던 벗이 죽자 추모의 글을 썼다.

　연 선생의 영령 앞에 술 한 병, 초 두 자루, 돈 세 냥을 올리며 이별을 알립니다. 아, 그대는 정말 죽었습니까?

　연 선생은 장악원 악사 연익성이다. 부자 양반 홍대용은 음악을 무척 사랑했다. 그 자신이 뛰어난 거문고 연주자였던 홍대용은 다른 연주자들을 불러서 합동 연주회를 열곤 했다. 연익성은 그때마다 빠지지 않고 참석했던 악사였고. 여기서 질문 하나, 홍대용은 연익성을 진짜 벗으로 여겼을까? 확실히 그랬다. 양반과 악사라는 사회적 신분 차이에도 불구하고 홍대용은 연익성을 진짜 벗으로 인정했다. 홍대용이 쓴 추모의 글이다.

그대의 신분은 천했으나 뜻은 선비처럼 높았습니다. 광대와 다를 바 없는 처지였지만 성품은 맑은 가을 물처럼 깨끗했습니다. 사람과 거문고가 함께 사라졌습니다. 이제 나는 누구와 함께 연주해야 합니까? 30년 깊은 우정을 나누었는데 영원한 이별입니다. 글자마다 맺힌 눈물, 보고 계십니까? • 홍대용, 연익성을 추모하며, 『담헌집』

오해는 하지 않았으면 좋겠다. 내가 홍대용이고 네가 연익성이라는 뜻은 아니니까. 그냥 신분이 다른 벗들이 만들어 낸 아름다운 우정에 대해 말한 것뿐이니까, 하하.

다시 사과하마, 읽고 답해 주면 고맙겠다. 그래, 굴곡 없는 우정은 없는 법이다. 평탄한 평야는 한눈에 다 보여 아름답지만, 깊은 산은 굴곡을 넘어서고 덤불을 헤치고 나아가야 더 아름답다. 미워하고 욕해도 좋으니 네 마음으로 가는 길은 좀 열어 주면 고맙겠다. 샛길이라도, 가시밭길이라도, 지뢰밭이라도 말이다.

미운 정도
정은 정이지

🐌 　　삼촌의 글을 읽고 연익성을 찾아보았습니다. 홍대용의 절친 박지원이 쓴 글에 등장하더군요.

　지난해 여름 홍대용의 집에 간 적이 있다. 홍대용은 악사 연 씨와 거문고에 대해 논하는 중이었다. 날씨가 심상치 않았다. 하늘은 비를 잔뜩 머금었고, 동쪽 하늘은 온통 검은 구름이어서 천둥소리 한 번이면 비가 무섭게 쏟아질 참이었다. 긴 천둥소리가 하늘을 지나갔다. 홍대용이 연 씨에게 물었다. "저 천둥소리는 어떤 음으로 표현하면 좋겠습니까?" • 박지원, 여름 음악회, 『연암집』

　하나를 보면 열을 알 수 있다는 말이 있지요. 예, 이 대화만으로도 홍대용은 연익성을 함께 음악을 논할 벗으로 여겼던 걸 분명히 알 수 있습니다. 많은 이들이, 대개는 양반이었겠지요, 자리한 공적인 장소에서 연익성에게 음악에 대한 전문적인 견해를 물어보는 질문을 벗에게 하듯 스스럼없이 던졌으니 말이지요.

(추신) 오해는 전혀 하지 않습니다. 삼촌이 홍대용일 리는 없으니까요. 삼촌과 제 신분에 엄청난 차이가 있는 것도 아니니까요. 삼촌의 처지도 이해가 됩니다. 엄마와 저 사이의 무거운 신경전이 제삼자로서는 견디기 쉽지 않을 테니까요. 삼촌도 잘 알겠지만, 특히 엄마는 상대하기 쉬운 사람이 전혀 아니지요. 네, 약간은 음흉한 전략가이기도 하고요!

그렇다고 꼭 삼촌이 저와 엄마의 사이를 오가며 중재자 노릇을 할 필요는 없습니다. 저와 엄마가 지켜야 할 선을 넘어가면서까지 싸우는 건 아닙니다. 한두 해 싸운 게 아니라서 우리 두 사람 모두 터득한 바가 좀 있답니다. 아, 삼촌도 오해는 마세요, 저는 삼촌을 미워하지 않습니다. 감정을 절제하지 못해 삼촌 앞에서 화를 낸 것에 대해서는 사과합니다. 문은 항상 열려 있습니다. 삼촌이 입구를 잘 못 찾을 뿐이지요. 그리고 지뢰밭도, 가시밭길도 아닙니다.

그나저나 어제 엄마와 목청 높여 싸우는 소리를 들으니 삼촌도 감정을 썩 잘 다스리는 것 같지는 않습니다. 저더러 뭐라 말할 처지는 아니라는 뜻입니다. 이 대목에서는 삼촌처럼 웃어야겠지요, 하하. 그렇지 않습니까?

중3이 스스로 자료를 찾다니, 너의 능력에 익숙해질 만도 한데 여전히 신기하고 대견하구나. 너에게 지적인 자극을 준 스승 같은 벗으로서 무한한 자부심을 느낀다. 그래, 공부는 그렇게 하는 것이다, 하하.

신분이 다른 벗 사이의 우정, 그리고 음악 이야기가 나왔으니 한 걸음 더 나아가 보자. 신유한과 영매의 사연을 소개하고 싶다.

1745년 연일(포항시 연일읍) 현감 신유한은 영매를 처음 만났다. 영매는 기생이었고 한때 거문고 연주로 이름을 날렸던 여인이었다. 다 옛날이야기였다. 마흔이 다 된 영매는 아름답지도 않았고, 거문고 소리도 특별하지 않았다. 아마도 의욕이 없었기 때문일 터.

영매의 마음을 읽은 신유한은 자신이 아끼던 거문고를 꺼냈다. 영매의 눈빛이 달라졌다.

"귀한 거문고로군요."

"가야산 오동나무로 만든 걸세. 이름은 해산금. 한번 연주해 보겠나?"

영매는 거문고의 먼지를 털고 음을 조절한 후 조심스럽게 연주를 시작했다. 신유한은 귀를 의심했다. 아까와는 전혀 다른 소리였기 때문이다.

두 사람은 열흘의 시간을 함께 보냈다. 그 시간 내내 거문고가 곁에 있었음은 더 말할 필요가 없겠다. 꿈같은 열흘이 지났을 때

신유한은 이렇게 탄식했다.

"내가 늙는 것도 서럽지만 네가 늙어 가는 것도 슬프구나."

신유한의 나이가 65세였음을 생각해 보면 그의 탄식이 이해될 것이다. 하지만 신유한이 나이만을 가지고 말한 것은 아니었다. 신유한은 서얼이었다. 문과에 장원으로 급제했음에도 서얼이라는 이유로 온갖 차별을 받아 미관말직을 전전했다. 별 볼 일 없는 동네라 제대로 된 관리라면 꺼리는 자리가 바로 연일 현감이었다. 서럽다는 것에는 그러한 의미도 포함되어 있다고 봐야 한다. 물론 신유한은 기생인 영매의 삶 또한 자신과 비슷하다고 생각했고.

벗, 그리고 음악이 있다고 항상 아름다운 이야기가 만들어지는 건 아니다.

⟨추신⟩ 네 엄마와 싸운 건 아니란다. 그냥 뭐, 의견의 대립이라고나 할까? 옛날부터 나랑 네 엄마는 늘 그런 식이었지, 우리도 지켜야 할 선은 분명히 있고.

네가 지적한 내 수준, 인정한다. 서른이 코앞인데 누나와 함께 살고 있다는 것 자체가 내 한심한 수준을 잘 보여 주는 것이지. 네 누나의 성격이며 나를 대하는 태도를 모르는 것도 아니면서. 어떤 일이 생길지 뻔히 알고 있으면서. 아, 집이 편안했으면 뭐하러 굳이 누나한테 투항하듯 기어서 왔겠니?

답이 없구나, 혹시 아직도 삐쳤냐? 화가 덜 풀렸냐? 아니면 바쁘냐? 뭐 어쩔 수 없지. 우정을 위해서라면 조금, 많이 한가한 사람이 열심을 보여야겠지. 그럼 지난번에 다 못한 이야기나 마저 하기로 하자. 18년 뒤인 1763년으로 과감하게 타임슬립!

젊은 관리 성대중은 일본으로 가는 통신사에 서기로 뽑혔다. 배를 타기 위해 부산으로 가던 성대중은 합천에 들러 거문고 연주를 감상했다. 깜짝 퀴즈, 연주자는 누구였을까? 그렇다, 바로 영매였다. 아니면 이상하지, 하하.

영매는 어느덧 57세였는데 거문고 소리는 여전히 아름다웠다. '여전히'가 아니라 실은 젊은 시절보다 더 아름다웠다. 훗날 홍대용의 합동 연주회에도 자주 머리를 내밀었을 만큼 음악을 좋아했던 성대중은 '여정 중 들은 음악 중 최고'라는 말로 영매의 연주를 기렸다.

너에게 묻고 싶다. 영매가 신유한을 만나지 않았더라면 어떻게 되었을까? 신유한의 격려가 없었더라도 영매가 계속 거문고 연주에 힘을 쏟았을까? 영매는 상자 속에 신유한의 시를 여전히 보관하고 있었다고 한다. 영매는 신유한의 도움을 잊지 않았다. 신유한이 들었더라면 무척 기뻐했겠다. 하지만 신유한은 이미 세상을 떠난 뒤였다. 이 정도면 아름답고 슬픈 우정 이야기 아니냐?

추신) 신유한이 서얼 출신으로 문과에 급제했음은 이미 밝힌 바 있다. 성대중도 그랬다. 그런데 또 다른 공통점이 있다. 둘 다 통신 사로 일본에 다녀왔다. 성대중에게 신유한은 갈 길을 미리 보여 준 인생 선배나 마찬가지였으리라. 성대중이 영매에 대한 기록을 남긴 또 다른 이유일 것이다. 흥미로운 과제 하나, 신유한에게는 벗이라고 부르기엔 조금 애매한 일본인이 한 명 있었는데 찾아볼 생각은 혹시 없는지? 상금은 '엄마는 외계인'으로 하면 어떨까?

정말 쉬지 않고 집요하게 괴롭히는군요. 요 즈음 삼촌 작가님은 일이 하나도 없습니까? 삐친 것도 아니고 화 난 것도 아니고 특별히 바쁘지도 않습니다. 그냥 혼자 생각을 정 리하고 싶었을 뿐입니다. 집에 있는 사람이라곤 세 명뿐인데 혼자 있게 두지를 않는군요!

일본인 아메노모리 호슈를 말하는 겁니까? 과제라고 하면서 신 유한이 쓴 책 두 권을 ─ 포스트잇이 곳곳에 붙어 있는 ─ 제 방에 놓고 간 가식적이면서도 과도한 친절에 대해서는 ─ 제 방에 멋대 로 들어오지 말라니까요 ─ 도무지 뭐라고 표현해야 할지 모르겠 네요. 삼촌의 뜻이 그러하다면 일단은 받아들이기로 하겠습니다.

아메노모리 호슈는 쓰시마의 외교관이었습니다. 쓰시마를 거 쳐 가는 통신사들을 상대하는 것이 그의 가장 중요한 일이었지요.

오해하고 싸우고 화해하라

그런데 신유한은 아메노모리 호슈가 영 마음에 들지 않았던 모양입니다. 첫 대면을 마친 후 그의 인상을 다음과 같이 기록했으니까요.

얼굴은 시퍼렇고 말을 유독 조심하면서 좀처럼 속을 드러내지 않는다. 글 짓는 사람의 소탈하고 명랑한 맛이라고는 찾아볼 수 없는 음흉한 인간이다. •신유한, 『해유록』

첫인상은 그 사람에 대한 평가로 이어지는 법입니다. 신유한은 곳곳에서 아메노모리 호슈에 대한 불편한 마음을 드러냅니다. 그중 압권은 동물에 비유한 장면이지요.

일이 뜻대로 되지 않자 보인 태도가 가관이다. 늑대처럼 소리 지르고 고슴도치처럼 까칠하다. 이를 갈고 눈을 부라리는 게 당장이라도 칼을 뽑을 기세였다.

하지만 미운 정도 정이기는 한 모양입니다. 신유한은 아메노모리 호슈와 마지막으로 만난 날 다음과 같은 따뜻한 시를 써 주었습니다.

오늘 저녁 날 전송하러 오신 따뜻한 그대

살아서 다시 만날 기약이 없군요.

놀라운 건 아메노모리 호슈의 반응이었습니다. 신유한의 견해에 따르면 속내를 드러내지 않는 노련한 외교관 그 자체였던 아메노모리 호슈가 엉엉 흐느껴 우는 것이었습니다. 당황한 신유한이 이유를 묻자 다음과 같은 답이 돌아왔습니다.

늙을 대로 늙은 저는 조만간 쓰시마의 귀신이 되겠지요. 늙으면 정에 약해진다는 옛말이 과연 사실이로군요. 본국으로 돌아가 영화로운 이름을 널리 떨치시기를 바랍니다.

제 조사는 여기까지입니다. 다른 자료들까지 검토해서 얻은 결과이니 상금을 받기엔 충분하다고 생각합니다. 그리고 계속 말하지만 제가 좋아하는 건 '오레오 쿠키 앤 크림'입니다!

그런데 삼촌 말대로 벗이라고 말하기는 조금 애매한 관계로군요. 마치 삼촌과 저처럼요. 둘은 정말로 서로를 벗이라고 생각했을까요?

추신 너무 자책하지는 마세요. 삼촌이 우리 집의 평화와 관계 개선을 위해 나름대로 열심히 하고 있다는 건 어느 정도 인정합니다. 방향이 올바른지는 조금 의문입니다만. 그리고 저는 삼촌을 과대평가하지 않지만, 과소평가도 하지 않습니다.

참 좋은 질문이로구나. 신유한과 아메노모리 호슈는 정말로 서로를 벗이라고 생각했을까? (나와 너의 관계를 묻는 건 아니라고 믿는다!) 신유한의 경우는 대답하기가 어렵지 않다. 아메노모리 호슈가 눈물을 닦고 방을 나간 뒤 곧바로 이렇게 기록했으니까.

나는 저 사람을 잘 안다. 원래부터 음흉한 인간이라 겉으로는 말을 꾸미고 안으로는 칼을 품는다. 나라의 요직에 앉는다면 이웃 나라에 해를 끼칠 작자이다.

모질긴 하지만 일관성은 있다. 네 말대로 신유한은 처음부터 아메노모리 호슈를 좋아하지 않았고, 끝까지 그 마음은 변하지 않았다. 아메노모리 호슈의 속내를 알기는 어렵다. 신유한처럼 그날의 일을 기록으로 남기지는 않았다. 외교관이었으니 혹여 기록으로 남겼더라도 지금의 나로서는 확인할 방법이 없다. 대신 그의 삶을 간략히 돌아보려 한다. 적어도 평생 살아온 삶의 기록은 거짓일 리 없다고 나는 믿는다.

처음에 의학 공부를 했던 아메노모리 호슈는 중간에 진로를 외교관으로 바꾸었다. 출발이 늦었기에 만회를 위해 굉장한 노력을 했다. 나가사키에서 중국어를 배웠고, 부산 초량 왜관에서 한국어를 배웠다. 그 결과 동아시아 3개 국어를 능통하게 구사하게 되었다. 그의 한국어 실력에 놀란 통신사 일행은 "그대는 일본어를 가장 잘하는군요."라고 수준 높은(?) 농담을 하기도 했다. 하지만 외국어를 모국어처럼 구사하는 과정이 말처럼 쉬웠을 리는 없다. 아메노모리 호슈는 그 시절에 대해 이렇게 썼다.

　목숨을 5년 줄인다고 생각하면 못 이룰 리 없다는 각오로 밤과 낮 가리지 않고 공부에 몰두했습니다. •아메노모리 호슈, 『한 경계인의 고독과 중얼거림』

　나는 바로 이 부분에 주목한다. 서얼인 신유한과 쓰시마의 외교관 아메노모리 호슈의 삶은 어떤 면에서는 비슷했다. 한계를 극복하기 위해 극한의 노력을 했다는 점, 그러면서도 노력한 만큼 대가를 받지는 못했다는 점이 특히 그렇다.
　둘은 모두 중앙 무대와는 거리가 멀었다. 신유한이 이 사실을 알았다면 아메노모리 호슈를 보는 눈이 조금은 달라졌을 것이다. 현실은 그렇지 못했다. 조선 선비들이 대개 그랬듯 일본에 대한 엄청난 증오심을 품었던 신유한은 아메노모리 호슈를 적국의 외교관으로만 대했고, 아메노모리 호슈는 이에 대해 기록을 남기지 않았으니 그의 속내는 영원히 알 길이 없다. 하나 확실한 건 신유한과 아메노모리 호슈는 다른 상황에서 만났더라면 벗이 되었을 수도 있다는 것이다. 별 의미 없는 가정이긴 하지만 말이다. 벗, 어찌 보면 평범한 관계이지만 때로는 이보다 미묘하고 어려운 관계도 없다.

제 질문에 대한 진지한 답변에 감사드립니다. 삼촌과 저의 관계에 관한 질문이 아니었으리라고 확신한 이유는 잘 모르겠지만 말입니다. 요즈음 두 분의 사이가 별로인 느낌이 들어서 ― 어젯밤에는 특히 좀 시끄럽더군요. ― 화해의 선물로 남매간 아름다운 우정을 담은 글을 첨부합니다. 엄마의 글입니다. 삼촌을 생각하고 쓴 글일까요? 물론 역할은 정반대입니다만, 하하. 다 읽은 후 엄마와 손을 마주 잡고 정답게 소감을 나누는 것도 좋겠네요!

남매가 만들어 간 우정의 역사

신사임당은 알아도 임윤지당은 낯설 것이다. 윤지당은 조선에서는 보기 드물었던 여성 성리학자다. 윤지당이 성리학자가 된 데에는 열 살 터울의 둘째 오빠 임성주의 도움이 컸다. 훗날 노론을 대표하는 성리학자로 이름을 떨쳤던 임성주는 어린 시절부터 동생들을 직접 가르쳤다. 아버지 임적이 일찍 세상을 떠났고 형 임명주는 서울에서 벼슬을 살았기 때문이다. 남녀가 유별한 조선 후기였기에 여동생은 당연히 포함되지 않았다. 그러던 어느 날 여동생이 교육장에 난입(?)했다. 처음에는 당황했던 임성주는 호기심이 생겨 여동생이 어떤 말을 하는지 유심히 지켜보았다. 여동생은 정식으로 배운 적도 없었으면서 옳고 그름을 정확히 판별해 냈다. 그 순간 임성주는 마음을 먹었다. 여동생을 가르쳐야겠다고. 임성주는 소학과 사서를 건네주며 한 가지 조건을 달았다.

"책을 읽되 여인의 일을 게을리해서는 안 된다."

여동생은 약속을 지켰다. 낮에는 집안일을 했고, 공부는 밤에만 했다. 동생 임정주의 표현에 따르면 '정신이 책장을 뚫을 듯'했으니 성취 또한 남달랐다. 어느덧 사서를 능숙하게 읽어 나가는 여동생에게 임성주는 큰 선물을 주었다. 이름이었다. 여동생은 그날부터 윤지당이 되었다.

남매의 우정은 윤지당이 시집을 간 후 한동안 중단되었다. 매사에 철저했던 윤지당이 아내이자 며느리로서의 본분을 다하는 데에 전념했기 때문이다. 그러던 중 불행한 일이 생겼다. 결혼한 지 8년 만에 남편인 신광유가 세상을 떠났다. 윤지당의 나이 겨우 27세였고 부부 사이에는 자식도 없었다. 40세에 양자를 입양했을 때까지의 십여 년간을 버티는 데에 성리학이 커다란 힘을 주었으리라 나는 믿는다. 오빠인 임성주와의 편지 교류도 물론 도움이 되었을 테고.

그러나 윤지당의 성리학 공부가 활발해진 것은 노년에 이르러서였다. 아들도 장성한 까닭에 비로소 공부에 전념할 수 있는 여건이 마련되었다. 임성주는 여동생에게 줄 또 다른 선물을 준비했다. 고향인 공주를 떠나 여동생이 사는 원주로 아예 옮겨 왔다. 칠십을 넘긴 임성주와 육십을 넘긴 윤지당은 4년 동안 함께 지내며 어린 시절처럼 공부했다. 윤지당의 학문이 빠르게 발전했음은 두말할 필요가 없다. 임성주의 열정 역시 대단해서 여동생이 완전히 이해하기 전까지는 가르침을 멈추지 않았다. 그러나 꿈과 같았던 남매의 공부가 오래 계속되기는 어려웠다. 고령인 임성주는 건강이 좋지 않아 고향으로 되돌아가야만 했다.

직접 대면할 수 없으니 편지가 잦아진 건 자연스러운 수순이었다. 윤지당은 바쁘게 편지를 보냈고 임성주는 최선을 다해 답장을 보냈다. 남매가 나눈 편지 중에 눈에 띄는 것이 있다. 윤지당이 주자의 중용 해석에 대해 의구심을 표하자 임성주가 여동생의 견해에 찬성한 것이다. 임성주가 노론 출신의 보수적인 유학자였다는 점을 감안하면 꽤 놀라운 일이었다. 여동생에 관한 한 임성주는 개혁적인 사람이었다.

이 두 사람의 마지막이 행복했더라면 얼마나 좋았을까? 현실은 좀 달랐다. 윤지당이 양자로 입양해 키웠던 아들 재준이 28세에 세상을 떠났다. 윤지당은 깊은 절망에 빠졌다. 임성주에게 자신을 죽은 여동생으로 생각하라는 편지를 보냈다. 임성주는 깜짝 놀라 답장을 했다. 그렇다면 자신을 죽은 오빠로 여기라는 모진 말을 했다가 이내 오빠가 너를 아끼니 목숨을 꼭 보전하라는 위로의 편지를 보냈다. 임성주가 열흘 후에 세상을 떠난 바람에 이 편지는 유언이 되었다. 불과 1년 사이에 아들과 오빠를 차례로 잃은 윤지당의 슬픔의 크기를 우리는 감히 짐작하기 어렵다. 그러나 나는 윤지당이 결국은 마음을 다잡았다고 믿는다. 윤지당에게는 오랜 벗이라 할 성리학이 남아 있었기 때문이다. 아들 재준, 그리고 동생 임정주와 함께 자신의 문집을 준비하던 시절 윤지당이 스스로 쓴 서문의 첫머리를 증거로 내밀고 싶다. 성리학자로서의 자부심이 가득한, 담담하면서도 아름다운 문장이다.

나는 어릴 적부터 성리학이 있음을 알았다. 고기가 입을 즐겁게 하듯 공부에 푹 빠져서, 그만두려 해도 그만둘 수 없었다.

역시 엄마의 글은 깊이가 있지요? 작가로서 동의하리라 믿습니다!

삼각관계처럼
복잡하고 미묘한 우정

⚜️👓　　미묘하고 어려운 관계라는 말을 들으니 생각나는 이들이 있다. 앞에서 인용한 성대중, 그리고 이언진이다. 역관 시인 이언진은 성대중과 함께 방문한 일본에서 태양처럼 찬란하게 빛을 발했다. 구구한 설명보다 백배는 더 효과적인 사례를 인용한다. 『이향견문록』의 이야기다.

이언진의 시 짓는 솜씨는 경이 그 자체였다… 일본 사람들은 부채 오백 개에 시를 써 달라고 부탁했다. 그는 재빨리 먹을 갈아 한편으로는 시를 읊고 다른 한편으로는 시를 써 짧은 시간 안에 일을 다 마쳤다. 빙 둘러서서 지켜보던 일본 사람들이 서로 돌아보며 놀라고 기뻐했다. 그런데 얼마 후 새 부채 오백 개를 가지고 다시 왔다.

"공의 재능에는 충분히 감복했습니다. 이번에는 공의 기억력을 시험하고 싶습니다."

이언진은 코웃음 한 번 치고 응했다. 한편으로는 생각하고 한편으로는 써 나갔다. 잠시 후 붓을 던지고 옷을 여몄다. 일본 사람들은 새로 쓴 시들을 아까 것들과 비교했다. 똑같았다. 놀라고 감탄하며 말했다.

"공은 신이십니다."

시의 신, 암기의 신 이언진에게 놀란 건 일본 사람들만이 아니었다. 서기관 성대중도 하급 역관의 재능에 감탄했다. 귀국 후 성대중은 이언진에게 수시로 선물을 보냈다. 우정의 열매, 혹은 뇌물이었다. 함께 보낸 편지에는 답례로 시를 보내 달라는 말이 빠지지 않았으니까. 처음에 이언진은 시 몇 편을 써서 보냈다. 하지만 성대중은 만족하지 않았다. 더, 더, 더 원했다. 마치 시에 중독된 사람처럼. 이언진의 편지를 보면 성대중이 얼마나 집요하게 졸라 댔는지 알 수 있다.

공책을 보내신 건 시를 적어 달라는 뜻이겠지요. 건강이 회복되지 않아 팔이 떨리지만, 열심히 쓰고 있습니다.

시는 되도록 빨리 보내겠습니다. 동생을 시켜 내용을 살피는 중입니다. • 이언진, 『우상잉복』

이언진은 말과는 달리 차일피일 미루었다. 시를 보내지 않겠다는 의지의 표시였다. 보통 사람이었다면 충분히 알아들었기 마련이다. 성대중도 눈치가 없는 사람은 아니었다. 하지만 이 시기 성대중은 눈과 귀가 함께 먹었다. 성대중이 계속해서 시를 요구하자 이언진은 '바보'라도 알아들을 수 있는 명확한 언어로 못을 박는다.

남에게 알려지거나 세상에 전해지기를 바라서 쓴 시가 아닙니다. 그저 혼자 즐길 뿐입니다. … 전에 지은 시들은 다 불태워서 종잇조각 하나 남은 게 없습니다.

그다음은 어떻게 되었을까? 놀랍게도 그대로였다. 성대중은 여전히 포기하지 않았고, 이언진은 시를 주지 않았다. 오가는 편지 내용은 정중했으나 제발 달라는 집요한 요구와 주지 않겠다는 단단한 결심 그 어느 것도 바뀌지 않았다. 여기에 이르면 다시 물을 수밖에 없겠다. 둘은 과연 벗이었을까? 벗이라면 어떤 종류의 벗이었을까?

추신 남매간 아름다운 우정 이야기는 잘 읽었다. 네 엄마는 역시 말과 행동이 다른 사람이로구나. 내가 고전을 소재로 글을 쓴다고 했을 때 얼마나 비웃던지…. 글은 뭐 별로지만 그래도 느끼는 바가 없지는 않다. 더 나은 사람이 되도록 노력하마. 네 엄마와의 정다운 토론은 집안의 평화를 위해 생략한다.

보상은 아니지만, 냉장고를 확인해 보기 바란다. 네가 좋아하는 아이스크림을 편의점에서 잔뜩 사서 넣어 놓았다. 오레오 어쩌고 저쩌고는 아니지만 식기 전에 맛있게 먹길!

　　🐚🐚　　아이스크림은 식기 전에 맛있게 먹었습니다. 오레오 어쩌고저쩌고는 아니지만 저는 기본적으로 아이스크림을 좋아합니다. 아쉽게도 공짜는 아니더군요. 냉장고엔 A4 용지 두 장이 자석으로 고정되어 있었고 혹시라도 오해할까 봐 제 이름도 크게 적어 놓았네요! 뭐라고 해야 할까요, 삼촌은 본업인 글 쓰는 일보다 저와의 메일을 주고받는 사사로운 취미 활동에 훨씬 더 열심이로군요!

　순서에 따라 아이스크림을 다 먹은 후 종이를 살폈습니다. 박지원의 「우상전」! 몇 줄 읽어 보고 삼촌의 의도를 파악했지요. 우상은 바로 이언진이었습니다. 종이를 박박 찢고 무시할 수도 있었지만, 집안의 평화와 삼촌의 전방위적인 노력을 생각해 꾹 참았습니다. 게다가 자료를 찾고 공부하는 일은 엄마를 빼다 박은 저 같은 사람에게는 그리 어려운 일도 아니지 않습니까, 하하. 삼촌이 원하는 대로 「우상전」에서 제일 흥미로운 내용을 몇 줄로 요약해 보았습니다.

나(박지원)는 이언진을 만난 적이 없다. 그런데도 이언진은 자주 사람을 시켜 시를 보여 주며 나만은 자신을 알아줄 거라 여겼다. 어느 날인가는 조금 귀찮아서 심부름 온 사람에게 농담했다. "시들이 다 자질구레하니 진귀하게 여길 구석이 전혀 없군."

내 말을 전해 들은 이언진은 "미친놈이 화를 돋우네." 하며 화를 내고는 "이러니 내가 세상에 오래 살 수가 있겠는가?" 하고 탄식하며 눈물을 흘렸다고 한다.

뒤틀린 애정 드라마 같은 기묘한 삼각관계입니다. 성대중은 이언진을 원하지만, 이언진의 몸과 마음은 온통 박지원을 향해 있었네요. 하지만 정작 박지원은 이언진에겐 눈길도 주지 않았지요. 괜히 성대중을 동정하게 됩니다. 자신이 달라고 아무리 졸라 대도 주지 않던 시를 박지원에겐 거저 바치다시피 했던 ― 그러고도 욕만 잔뜩 먹었던 ― 이언진의 모순된 행동을 성대중 또한 분명히 알고 있었겠지요?

이언진이 동생에게 쓴 편지도 한 편 찾았습니다. 성대중에게는 냉정했고 박지원에겐 애원했지만, 동생에게는 한없이 다정했군요. 성대중이 읽었더라면 화가 많이 났겠습니다. 성대중이 정말로 불쌍해집니다. 혹시라도 삼각관계에 얽힌다면 성대중이 되고 싶지는 않습니다!

지금 동생은 어떤 사람을 만날까? 어떤 이야기를 할까? 어떤 일을 할까? 새 옷을 걸칠 때면 우리 동생의 헌 옷이 생각나고, 쌀밥과 고기를 먹을 때면 우리 동생이 종이를 씹던 일이 생각나고, 귤과 홍시와 밤을 볼 때마다 어떻게 하면 우리 동생을 내 곁으로 오게 할까 생각한다. 동생아, 동생아, 그리운 동생아, 너는 이 사실을 아느냐? •이언진, 그리운 동생에게, 『송목관신여고』

           모순이라, 꼭 그렇게 말할 수는 없겠다는 생각이 든다. 이언진은 마음 가는 대로 행동했을 뿐이겠지. 아, 서로 좋아하면 세상은 평화롭겠지만 실제로 일어나는 일들은 꼭 그렇지만은 않다. 세 사람의 이야기는 벗과 나누는 우정이 쉽거나 당연한 것이 아님을 보여 주는 좋은 사례이다. 말이 나온 김에 잠깐 짚고 넘어가자면, 이언진은 또 다른 삼각관계의 주인공이었다. 이언진의 스승 이용휴는 박지원과는 달리 이언진의 시를 극찬했다.

작가가 소유한 것은 조물주라도 어떻게 할 수가 없으니 이것이야말로 진정한 소유이다. 이언진 군은 바로 이러한 것을 소유하고 있으니 나머지 구구한 것들은 털어 버리고 가슴에 남겨 두지 않는 것이 좋겠다. •이용휴, 송목관집 서문, 『혜환잡저』

이언진이 요절한 후 쓴 시에는 — 무려 10편이나 썼다 — 이언
진을 아끼고 사랑하는 마음이 더 뚜렷하게 드러나 있다.

그는 보잘것없는 필부였다.
그가 죽으니 사람의 수가 줄었음을 알겠다.
이 어찌 세상의 도와 무관할까?
사람들은 빗방울처럼 많고도 많건만.

이용휴는 대중에겐 덜 알려졌지만, 사실 박지원과 함께 18세기
를 호령했던 대작가였다. 흥미로운 건 작가로서의 전성기가 겹치
는 두 사람 간의 교류가 전혀 없었다는 것이다. 이용휴는 남인, 박
지원은 노론이라는 점도 작용했을 것이다.
하지만 이용휴의 제자 이언진은 천연덕스럽게 박지원에게 접
근했다. 이언진은 두 사람 모두에게 인정받고 싶은 마음뿐이었다.
아니 조금 더 현실적으로 말해 볼까? 이용휴가 재야의 문학 왕이
었다면 박지원은 현실의 문학 왕이었다. 이언진에게도 나름의 계
산은 있었던 것이지. 물론 결과는 좋지 않지만. 이언진도 알고
보면 꽤 재미있는 사람 아니냐?

추신1 나에 대한 네 감정은 꽤 복잡하리라 생각한다. 네 아빠 방
이었던 곳을 점령군처럼 차지하고 있으니 말이다. 원한다면 방을

바꿀 수도 있다. 어떠냐, 너의 생각은?

추신2 우리가 성대중에게 너무 모질게 대한 느낌이다. 편을 좀 들어줘야겠다. 이규상은 인물 평가 책인 『병세재언록』에서 성대중을 언급했다.

벗과의 사귐이 돈독하여 곤궁하건 출세하였건 태도가 다르지 않았으며 협사의 풍모가 있었다. 규장각에서 일할 때 늘 임금의 칭찬을 받았다. 글의 규범을 잘 지킨다는 말을 들었다.

성대중이 평생 마음에 담았던 좌우명도 많은 것을 생각하게 한다. 그가 쓴 책 『청성잡기』에 나온다.

이름은 훗날을 기다리고 이익은 다른 사람에게 미루자. 세상살이는 나그네처럼 하고, 벼슬살이는 손님처럼 하자.

아무리 봐도 나쁜 사람은 아니다. 오히려 좋은 쪽에 훨씬 더 가깝다. 이런 의문이 든다. 이언진은 왜 성대중에게 마음을 주지 않았을까? 하긴, 우정이나 사랑이나 좋은 사람에게 항상 끌리는 건 아니긴 하지. 연애 드라마에 나쁜 인간이 빠지지 않고 등장하는 이유라고나 할까?

음, 답이 없구나. 아마도 갑자기 네 아빠를 언급하고 방 교체를 제안한 추신 1에 대해 생각할 시간이 조금 더 필요한 모양이로구나. 그렇다면 네가 생각하는 동안 벗의 미묘한 관계를 조금 더 다뤄 보고 싶다. 제법 생각할 거리가 많은 주제라는 느낌이 들어서. 이덕무와 이서구의 이야기다. 둘은 열세 살 차이였지만 사이는 각별했다. 나이가 많은 이덕무부터 살펴보기로 한다.

무척 가난했던 이덕무는 어느 날 『맹자』 책을 판 돈으로 배부르게 밥을 먹은 뒤 유득공에게 자랑했다. 돈을 버는 새로운 비법(?)을 들은 유득공은 『춘추좌씨전』을 팔아 번 돈으로 술을 얻어 왔다. 가난 1, 2위를 다투는 두 사람의 배부르고 흥겨운 자리가 끝난 뒤 이덕무는 곧바로 이서구에게 편지를 썼다.

글을 읽어 부자가 되길 바라는 건 요행을 바라는 얄팍한 술책일 뿐입니다. 책을 팔아 잠시나마 배부르게 먹고 술이라도 사 마시는 게 오히려 솔직하고 가식 없는 행동이라는 걸 깨닫게 되었습니다. 참 슬픈 일이기는 하지요. 그대는 어떻게 생각합니까? • 이덕무, 이서구에게, 『청장관전서』

웬만큼 가까운 사이가 아니고서는 쓸 수 없는 진솔한 편지다. 솔직함 부문에서는 이서구도 이덕무에게 지지 않는다. 전에 다른 글에 써먹어서 재미를 본(?) 이서구의 시를 인용한다. 들길을 걷다가 문득 떠오른 그리움을 문자로 옮긴 시다.

메밀꽃이 피어나 들 빛이 점점 짙어진다
싸늘한 저녁 바람이 옷깃을 파고든다
벗이 지은 시를 노래처럼 읊는다
가을 숲속을 거닐며 콧노래로 부른다

벗이란 이덕무를 말한다. 시의 제목 또한 솔직 그 자체다. 「밭길을 가다 이덕무가 문득 그리워져서」이다. 이건 뭐 거의 일기 제목 아니니? 자, 이 정도의 사전 지식을 머릿속에 담아두고 또 다른 벗 유득공의 기록을 함께 살펴보자.

어느 날 이서구를 찾아갔더니 책상 위에 시 한 편을 올려두고 묵묵히 바라보았다. 명나라 사람 섭자기의 시였다. 내가 흥미를 보이자 이서구는 몇 해 전 이덕무가 술집 벽에서 보았던 시라고 친절한 설명을 덧붙였다.

가지가지 어여쁜 꽃 삼백 송이가
낮은 울 밑 비바람에 사시사철 향긋

나는 시를 쭉 읽어 보고는 이서구에게 물었다.

"꽃 삼백 송이에 특별한 의미가 있는 걸까?"

이서구가 부채로 책상을 치며 대답했다.

"사시사철과 운을 맞추려고 일부러 쓴 것이지요. 참 절묘한 표현입니다!"

나중에 이덕무를 만나 이 일을 이야기했다. 이덕무는 고개를 저으며 심드렁하니 말했다.

하여간 그 벗은 시를 이해하는 게 영 구태의연하다니까. 절묘는 무슨. 삼백은 그냥 대략의 숫자일 뿐이라고. • 유득공, 꽃 삼백 송이의 뜻, 『고운당 필기』

사람 좋기로 유명했던 유득공은 '시를 잘 알기로는 두 사람만 한 이가 없는데 시에 관한 생각이 이렇게 서로 다르다'라는 점잖은 문장으로 글을 마무리했다. 하지만 우리로서는 그럴 수가 없다. 이덕무의 말에는 어딘지 모르게 이서구를 얕잡아 보는, 그러니까 이서구의 시 감상 능력을 평가 절하하는 느낌이 비율로 따지면 칠십에서 팔십 퍼센트 정도 들어 있다. 네 생각은 어떤지 듣고 싶구나.

물론 이 사례만으로 우정을 의심하는 것은 지나친 일이겠다. 우리도 사석에서는 다른 이들에 대한 흉을 보지만 꼭 그 사람들이

미워서 그러는 것만은 아니다. 미워서 그런 건가? … 아무튼 역시 벗, 그리고 우정은 쉬운 일만은 아니라는 생각을 버릴 수가 없다.

고민한 게 아니라 며칠 멍한 상태로 지냈습니다. 그뿐입니다. 아빠 방이라… 괜찮습니다. 그런 쪽에서는 저는 자본주의적이고(?) 실용적입니다. 방을 놀리는 것보다는 삼촌이 쓰는 게 더 낫지요. 삼촌에게는 유난히 엄격하고 무서운 엄마가 숙박비를 받는지는 잘 모르겠습니다만.

방을 옮기고 싶지는 않습니다. 저는 제 방을 좋아합니다. 그리고 아빠는 아빠이고 삼촌은 삼촌입니다. 아빠는 뭐랄까, 벗이라기보다는 보호자였지요. 문득 떠오르는 이야기가 하나 있습니다. 우리 상황에 정확히 딱 맞는 이야기는 아니지만 말입니다.

이항복의 제자인 무장 정충신이 스승에게 물었습니다.

"선생님과 한음 대감의 사귐은 세상에서 첫손으로 꼽는 만남입니다. 한음 대감과 감역공(이항복의 둘째 형 이송복)을 비교하면 어떻습니까?"

"나를 알아주는 느낌으로 치면 한음이 훨씬 낫지."

오해하지는 마세요, 삼촌이 제 마음을 가족보다 더 잘 안다는 의미는 아닙니다. 아, 그렇다고 삼촌이 영 제 마음을 모른다는 의미는 아닙니다. 무슨 말이냐고요? … 우정이 때로 복잡하고 미묘하다는 건 저도 잘 압니다. 더 나아가기 전에 지금은 이렇게만 말하겠습니다. 삼촌은 가족보다는 벗에 조금 더 가깝습니다.

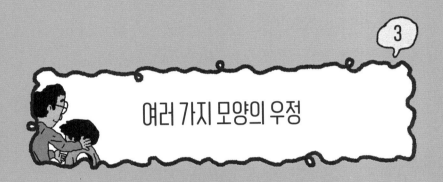

여러 가지 모양의 우정

3

죽어도

계속되는 우정

네가 우리 고전에 관심을 가지게 된 계기가 네 엄마 때문이라고 생각했다. 그렇지 않았구나. 아빠와 함께 서재에서 숨바꼭질하며 놀았던 기억이 오늘날의 너를 만들었구나. 제발 엄마에게 사실대로 말하지는 마라. 엄마는 네가 자기를 닮아서 고전에 대한 시선이 날카롭다고 하더라. 본인과 자식 자랑을 한마디로 해치우면서도 전혀 부끄러워하지 않는 뻔뻔함이라니.

어제 내 방에 찾아와 쏟아 낸 여러 말 중 마지막 말이 마음에 남았다. 너는 자고 일어나면 가끔 화가 난다고 했다. 곁에 없는 아빠를 아직도 꿈에서 보기 때문에. 곁에 머물 수도 없으면서 자꾸 꿈에 나타나 자신의 기분을 망치는 것이 화가 난다고 했다.

네가 돌아간 후 곰곰 생각해 보았다. 물론 화가 난다는 말은 진심이 아니겠지. 아직도 그리워한다는 것이겠지. 그리워하는 너에게 할 말은 오직 하나뿐, 그리워하라는 것이다. 사람과 사람 사이

의 관계는 쉽게 끝나지 않는다. 아니, 어떤 의미에서는 영원히 끝나지 않는다. 가까운 벗이라면 더욱더. 그리고 내가 최근에 알게 된 좋은 말 하나, 꿈은 패배하는 법이 없다더라. 낮에 꾸는 꿈이건, 밤에 꾸는 꿈이건 간에 말이다.

　무슨 말이냐고? 내가 답까지 줘야 할까? 해석은 물론 똑똑한 너의 몫이지, 하하. 남효온과 안응세의 긴 우정을 생각하며 고민해보기를 바란다.

　1480년 9월 남효온의 벗 안응세가 26세의 젊은 나이로 세상을 떠났다. 남효온은 벗과 밤새워 시를 논하던 아름다운 시절을 떠올렸다.

　밤에 함께 노닌 적이 있다. 살구꽃은 막 피어났고 달은 둥글었다. 흥이 올라 거리를 걷다가 살구꽃이 보이면 담 밖에 자리를 잡고 시를 이야기했다. 다 지난 일이 되어 버렸으니 영원한 이별에 간장이 끊어진다. • 남효온, 안응세를 추억하다,『추강집』

　그 아름답던 추억은 이제 모두 끝나 버린 것이다. 하지만 정말 그럴까? 1482년 겨울 남효온은 절에 들어가 과거 공부를 했다. 그런데 벗에게서 편지가 왔다. 편지 내용이 놀라웠다.

　"어젯밤 꿈에 안응세가 나타나 자네 안부를 물었네. 과거 공부를 한다고 했더니 그러지 말라더군. 정의가 사라진 세상이니 자신을 돌아보며 조용히 살아가라고 하더군. 참 이상한 벗 아닌가?"

남효온은 이듬해 과거 시험을 봤고 떨어졌다. 그 이후 남효온은 다시는 과거 시험을 보지 않았다. 죽은 벗 안응세의 권유를 받아들인 것이다.

1490년 이번에는 남효온의 꿈에 안응세가 직접 나타났다. 꿈속에서 즐겁게 놀았던 남효온은 깨어난 후 안응세의 시집을 꺼내 읽었다. 벗이 예전에 했던 말이 문득 떠올랐다. 밤새워 시를 논한 후 집으로 돌아갔던 안응세는 아침이 밝자마자 다시 찾아와 말했다.

"어제는 정말로 즐거웠다네. 하지만 집으로 돌아가는 중에 문득 이런 생각이 떠올랐네. '그대가 먼저 죽으면 나는 누구에게 마음속 이야기를 털어놓을까?' 엉엉 울다시피 하면서 집으로 갔네. 집에 도착하니 자네가 다시 보고 싶어져서 이렇게 온 것이고."

안응세를 꿈에서 다시 만나고 2년이 지난 뒤 남효온도 세상을 떠났다. 저세상이 있다면 두 사람은 손을 맞잡고 다시 만난 것을 기뻐했을 것이다.

너에게 다시 묻는다. 벗과의 우정은 언제 끝나는 걸까? 죽어도 끝나지 않는 것만은 확실한 것 같다. 그런 의미에서 우정은 영원한 가치를 지닌 값비싼 보물이겠다.

🔔 잘 읽었습니다. 보물이라, 삼촌이 집요하게 저와의 우정을 원하는 이유를 알겠네요!

남효온과 그의 벗 홍유손이 등장하는 재미난 이야기 하나 들려 드립니다. 보물이라기엔 조금 지저분한 느낌이 있습니다만, 하하.

홍유손이 재상의 집에서 하룻밤 묵었을 때의 일입니다. 홍유손을 좋아했던 재상은 정성껏 대접하고 비단 이불을 내주었습니다. 홍유손이 떠난 후 방을 치우던 여종이 소리를 질렀습니다. 비단 이불 한가운데에 똥이 있었습니다.

재상에게 한 방 먹인 홍유손은 남효온을 위해 특별 이벤트를 준비했습니다. 벗이 금강산에 유람 간다는 소문을 듣고 며칠 앞서 금강산에 갔습니다. 남효온이 찾아올 만한 절벽을 찾아내곤 나무를 타고 접근해 시를 써 놓았습니다. 일을 마친 후엔 도끼로 나무를 찍었습니다. 며칠 후 남효온은 절벽에 도착했고 사람이 도달할 수 없는 곳에 적힌 시를 보곤 깜짝 놀랐습니다. 남효온은 신선의 솜씨로 여겼습니다.

두 사람이 나중에 만나 한참 웃었을 걸 생각하면 마음이 흐뭇해집니다. 꿈은 패배하는 법이 없다는 조언, 감사합니다. 잘은 모르겠으나 의미를 깊이 생각해 보겠습니다.

✦◉✦　　반응이 좋군! 왠지 신이 나는구나. 독자들의 무관심한 반응과 달라서일까? 계속해서 꿈 이야기 하나 더. 기대하시라, 네가 삼촌을 칭찬하면서 등장시켰던 이항복도 찬조 출연한단다.

신흠에게 이항복과 황신은 마음을 나눌 수 있는 벗들이었다. 그 좋은 벗들이 앞다투어 죽었다. 황신은 1617년에, 이항복은 다음 해에 죽었다. 두 벗 모두 유배지에서 죽음을 맞았다. 신흠의 처지 또한 비슷했다. 춘천에서 유배 생활을 하는 중이었으므로.

이항복은 이웃에 살았다. 이항복은 내가 좋아하는 것과 잘하는 것을 알았고 나 또한 마찬가지였다. 그 이항복이 곧은 말로 죄를 얻어 북녘의 황량한 곳에서 죽었다. 나는 지음을 잃은 슬픔으로 인간 세상에 아무런 미련이 없었다. • 신흠, 생을 돌아보다, 『상촌고』

나면 죽는 것 당연한 일이라고 다들 말했다. 나 또한 일찍이 깨닫고 의심 한 점 없었다. 그런데 이 벗이 죽자 왜 이다지 슬픔을 견딜 수가 없는가? • 신흠, 황신을 추모하며, 『상촌고』

슬픔이 깊었던 탓일까, 죽은 벗들이 손에 손을 잡고 꿈에 나타났다. 신흠은 오래간만에 벗들과 정겹게 이야기를 나누고 웃음을 터뜨리다가 눈을 떴다. 벗들은 사라지고 나뭇가지엔 그믐달만 걸렸다.

　죽은 벗들 다시 볼 수 없고 남은 벗들마저도 하늘 끝에 가까이 있다. 얼마 남지 않은 삶이 오히려 두렵다. 우리는 언제나 다시 만날 수 있을까? •신흠, 언제 다시 만날까, 『상촌고』

　신흠의 아픈 마음을 위로해 준 이는 살아남은 벗이었다. 강원도 관찰사 황근중은 아무 설명도 없이 작은 책상 하나를 보내 주었다. 신흠이 독서광이라는 사실을 알고 보내 준 것일 터. 신흠은 책상을 다른 용도로 이용했다. 책상에 기대어 누우면 괴로움이 사라지고 잠이 솔솔 왔다. 어쩌면 황근중도 그렇게 사용하라고 보냈던 것인지도 모르겠다.

　(추신) 홍유손의 이야기는 몹시 지저분하고 유쾌하구나. 내 스타일! 그런데 그거 아냐? 아즈텍 사람들은 황금을 신의 똥으로 여겼단다. 그러니까 스페인 사람들은 황금이 아니라 똥을 차지한 셈이지. 홍유손도 숙박비로 황금을 낸 셈이고. 재상은 과연 그 뜻을 알았을까?

삼촌답지 않게 너무 진지한 거 아닌가, 하고 생각하던 차에 역시 똥 이야기로 빠지는군요. 마음만은 고맙게 받겠습니다. 그리고 제가 삼촌을 칭찬했다니 무슨 말인지 도무지 모르겠습니다…. 삼촌이 유난히 사랑하는 김창협을 선물합니다. 가볍지도 않고 황금 같은 똥도 나오지 않습니다.

어느 날 이위(신정하의 벗으로 삼촌이 등장시켰지요)가 김창협을 찾아왔습니다. 금강산으로 떠나기 전에 인사차 들른 것입니다. 두 사람은 간단한 안부를 나눈 후 입을 다물었습니다. 생각나는 사람이 있었기 때문입니다. 바로 김숭겸이지요. 김숭겸은 김창협의 아들이었고, 이위의 벗이었습니다. 김창협이 마음을 추스르고 먼저 말했습니다.

"아들이 살아 있었다면 분명 함께 나섰겠지. 자네 혼자 명산을 유람하도록 놔두지 않았겠지."

김창협의 말에 용기를 얻은 이위가 입을 열었습니다.

"실은 며칠 전 꿈에 숭겸이 나타났습니다. 제 손을 꼭 잡고 금강산을 두루 유람하며 다정하게 이야기를 나누었지요."

김창협은 고개를 끄덕였습니다. 이위가 김창협을 찾아온 건 바로 이 꿈 이야기를 전하기 위해서였을 겁니다. 착한 이위는 김창협의 마음이 아플까 봐 망설였고, 김창협이 먼저 이야기를 꺼내자 비로소 용건을 전한 것이지요. 이위가 떠난 후 김창협은 이렇게 썼습니다.

　과연 둘의 마음이 서로 감응해서 일어난 일일까? 아니면 이위가 그 아이를 그리워해서 일어난 일일까? •김창협, 금강산으로 가는 이위를 전송하며,『농암집』

　어느 쪽이든 관계는 없겠지요. 김창협은 슬펐습니다. 죽은 아들을 더는 볼 수 없어서. 김창협은 기뻤습니다. 죽은 아들을 아직도 생각해 주는 좋은 벗이 있어서.

친구가 바라는 것을
이루어 주는 우정

1700년 신정하는 벗 김숭겸(그래, 네가 쓴 글에 나오는 바로 그 김숭겸이다. 안성맞춤인 이야기를 찾느라 애 좀 먹었다), 김제겸과 개성을 다녀왔다. 여행은 즐거웠다. 그런데 돌아온 지 한 달이 채 못 되어 김숭겸이 세상을 떠났다.

이듬해 신정하는 교서관에서 『삼운통고』가 나왔다는 소식을 듣고 눈물을 흘렸다. 왜 그랬을까? 마지막 여행에서 김숭겸은 신정하에게 『삼운통고』를 구해 달라고 부탁했기 때문이다. 신정하는 책을 구해 함께 여행했던 벗이자 김숭겸의 사촌인 김제겸에게 보냈다. 편지의 내용이다.

책을 구했으나 보낼 곳이 없습니다. 그대가 마침 그 자리에 있었던 게 생각나더군요. 사촌 중 숭겸과 가장 가까웠다는 이유만으로 이 책을 그대에게 보냅니다. 숭겸에게 보냈거니 하고 멋대로 생각하겠습니다. 하찮은 정성입니다. 약속을 지키고 거짓말하지 않으려는 마음에서 나온 것이니 깊이 헤아려 주시길. • 김원행, 아버지의 벗이 책을 보내며 쓴 편지를 읽다, 『미호집』

벗을 기억하는 한 가지 방법은 뜻을 이뤄 주는 것이다. 네 아빠가 너에게 바랐던 것이 무엇인지 너라면 잘 알 것이다. 이제 이 이야기는 더 하지 않겠다.

김성기는 일세를 풍미한 거문고 연주가였습니다. 왕족인 남원군 이설은 김성기에게서 거문고를 배웠습니다. 신분이 달랐기에 이설이 김성기에게 거문고를 배운다고 했을 때 만류하는 이들이 많았습니다. 이설은 뜻을 굽히지 않았습니다. 그의 논리는 명확했습니다.

"재주가 있는 곳이 스승이 있는 곳이다. 나는 그 재주를 스승으로 삼는다."

이설은 다짐대로 김성기를 스승으로 대했습니다. 김성기가 세상을 떠날 때까지 늘 스승으로 대했습니다. 김성기가 세상을 떠난 후에도 이설의 태도는 한결같았습니다. 이설은 김성기의 묘를 자주 찾았고, 김성기 일생의 작업, 즉 거문고 연주를 악보로 기록하는 일을 끝냈습니다. 이설 덕분에 세상 사람들은 김성기의 음악을 더 잘 이해하게 되었습니다.

(추신) 아빠가 나에게 바랐던 것은 뭘까요? 어떻게 된 일인지 도무지 잘 기억이 나지 않습니다. 그래도 생각해 내도록 노력해 보겠습니다. 아빠의 뜻을 이어받기를 원합니다. 아빠의 삶을 기록하고 그 위에 제 기록을 이어 가기를 원합니다. 제가 국문학과로 가 우리 고전 공부를 하려는 것도 그 노력의 일환이고요. 엄마에게는 비밀입니다.

삼촌, 벗으로서 처음이자 마지막으로 말합니다. 저를 내버려 두지 않은 것, 고맙습니다!

윤두서의 벗 심득경이 38세에 죽었다. 심득경이 다섯 살 아래였지만 둘은 인연이 꽤 길었다. 둘은 진사시에 함께 합격했고 그 뒤로도 오랜 시간을 함께 보냈다. 윤두서는 석 달 동안 깊은 슬픔에 빠져 지내며 그림을 그렸다. 윤두서는 완성된 그림을 심득경의 집에 보냈다. 다들 깜짝 놀라서 울음을 터뜨렸다. 죽은 이가 살아 돌아온 것 같았기 때문이다.

윤두서와 이서는 둘도 없는 벗이었다. 우정은 자식에게로 이어졌다. 윤두서는 이서의 아들 이원휴를 가르쳤고, 이서는 윤두서의 아들 윤덕희를 가르쳤다. 윤두서가 죽자 이원휴는 식음을 전폐하고 스승의 죽음을 애도했다. 윤두서가 죽자 윤덕희는 이서를 아버지처럼 대했다. 집안의 대소사를 모두 이서와 상의하며 아버지처럼 대했다.

사실 하나 말할까? 네 아빠와 나는 그리 가깝지는 않았다. 네 아빠는 전형적인 모범생이었고, 알다시피 나는 그쪽과는 조금 거리가 먼 사람이니까. 네 아빠에 대해 늘 좋게 느끼기는 했다. 내가 할 수 있는 가장 큰 칭찬, 즉 누나가 선택할 만한 사람이라고 여겼다. 이제, 네 아빠와 우정을 나눌 수는 없다. 하지만 대신 난 더 좋은 것을 얻었다. 바로 너와의 우정이지. 나에 대해 진심으로 고마워하는 훌륭한 조카 말이다, 하하.

(추신 1) 비밀 하나 알려 줄까? 네 아빠가 대학원에 진학한 건 네 엄마를 좋아했기 때문이라는 사실. 그러니 네가 국문과에 가려는 건 결국은 엄마 덕분이라는 말씀!

(추신 2) 윤두서 초상화는 받았지? 책상 위에 올려 두면 느낌이 괜찮을 것이다. 엽서 크기라 조금 아쉽지만 말이다. 돈이 생기면 물을 부어서 크기를 쑥쑥 키워 주마, 하하. 그런데 윤두서, 수염을 가리고 보면 네 아빠랑 닮지 않았니?

국경을 넘어선
우정

🐢 세계 지도 잘 받았습니다. 언젠가는 꼭 세계 여행을 해 보고 싶다는 제 말을 귀담아듣기는 했군요! 꼭 병든 닭처럼 졸고 있는 것으로 보였는데…. 아, 덤으로 주신 책 한 권도요. 열어 보니 증정 도장은 없더군요. 포스트잇에 적혀 있는 말대로 아무 쪽이나 열어서 읽었습니다. 마침 지도에 대한 글이 나오네요…. 아, 이건 또 뭔가요? 우연인가요, 필연인가요? 쪽과 쪽 사이가 유난히 벌어져 있는 걸 보니 삼촌의 조작된 배려?

땅이 끝나는 경계에는 오직 하늘만이 가 닿을 수 있을 뿐, 사람은 그럴 수 없다. … 전에 이런 말을 한 적이 있다. 실제로 널리 관찰하지 못할 바에야, 차라리 지도 공부를 하는 것이 전혀 모르는 것보다 나을 거라고. ● 유만주, 『일기를 쓰다1』

유만주의 일기 모음집이네요. 처음 듣는 이름이지만 생각이 재미있습니다. 남의 일기장을 훔쳐보는 기분도 꽤 짜릿하고요. 혹시 저를 위해 사신 건가요?

(추신) 그저께 밤 삼촌의 기습 공격은 나쁘지 않았습니다. 둘이 함께 엄마 흉을 진하게 보니 진짜 벗이 된 느낌이, 많이는 아니고 약간은 들더군요. 그나저나 삼촌은 참 집요한 사람입니다. 한번 물고 늘어지면 놓지를 않습니다. 그 점에서는 엄마와 비슷합니다. 벗이 많지 않은 이유를 알겠습니다!

　　　　　ⓞᴏ　　지도를 사랑한 유만주가 마음에 들었다면 — 맹세한다. 조작은 없었단다, 하하 — 정란에게는 더 끌리겠다. 정란은 조선 최고의 여행가라 부를 만한 인물이다. 말 그대로 백두에서 한라까지 그의 발걸음이 닿지 않은 곳은 없었다. 이용휴가 쓴 글을 인용한다.

대장부로 태어났으면 자신의 두 발로 서서 뜻을 펼치는 것이 마땅하다. 어찌 과거 공부 따위에 파묻히고 돈과 곡식을 헤아리고 적는 일에 허비하겠는가? 자기만의 뜻을 세운 정란은 우리나라의 아름다운 산수를 모두 구경했다. 바다를 건너 한라산을 보겠다고 하자 사람들은 모두 비웃었다. 그렇겠지. 뿌리까지 속물인 자들이 비난하는 건 당연하겠지. 그러나 수백 년 후엔 어떻게 될까? 후세 사람들은 비웃었던 자들을 기억할까, 비난받았던 자를 기억할까? ●이용휴, 한라산으로 떠나는 정란을 전송하며,『혜환잡저』

　떠도는 삶을 살았던 기이한 조선인 정란에 관한 재미있는 이야기 하나.
　나이가 들수록 정란의 용모는 기이해졌다. 눈썹과 광대뼈는 옛 그림에 나오는 신선을 닮아 갔다. 어느 날 정란이 성대중을 만나러 왔다. 그런데 마침 성대중에게는 손님이 있었다. 손님은 정란의 용모를 보더니 놀라면서 말했다.
　"이마두 초상화와 똑같습니다."
　정란은 그 말을 듣자마자 크게 기뻐했단다. 이마두는 마테오 리치를 말한다. 이탈리아에서 태어난 이마두는 중국에 선교사로 와 서양의 종교와 학문을 퍼뜨린 이였다. 바꿔 말하면 온 세계를 여행한 사람이었다. 정란에게 마테오 리치는 닮고 싶은 벗이었다. 국적도 다르고, 만나 본 적도 없지만, 그의 모든 삶의 여정을 따라가고 싶은 벗이었다.
　어떠냐? 정란이라는 사람이 어떤 이인지 이 이야기 하나만으로도 알 것 같지? 정란이 등장하는 김홍도의 〈단원도〉를 찾아보기 바란다. 누가 정란인지 알려 주지는 않겠다. 보기만 하면 곧바로 알 테니.

추신 그저께 밤은 나도 즐거웠다. 네 엄마 흉을 보는 순간에는 마치 우리 둘이 한 몸이 된 신비한 기분을 느꼈단다. 무엇보다도 네 얼굴이 많이 밝아져서 다행이다. 내 마음도 두둥실 보름달처럼 덩달아 밝아지더구나.

집요하다는 건 인정! 벗이 많지 않다는 건 절대 인정 못 함! 네 엄마랑 닮았다는 건 절대, 절대 인정 못 함! 그리고 솔직한 벗이 되기로 마음먹었으니 사실을 고백한다. 산 책은 아니란다. 출판사에서 보내는 책 모두에 증정 도장이 찍힌 건 아니지, 하하.

인정하고 안 하고는 물론 삼촌 마음입니다. 제가 보기에, 아니 객관적 사실이 그렇다는 것이지요. 그리고 증정 도장 없는 증정본 이야기는 놀랍지도 않습니다, 하하(비웃음인 거 알지요?).

〈단원도〉는 보았습니다. 네, 정란은 곧바로 알아보겠습니다! 지도, 여행 이야기가 이어지니 제 주특기를 발휘하겠습니다. 중국에 네 번이나 다녀왔던 박제가의 등장입니다.

박제가와 청나라 화가 나빙은 1790년, 박제가가 두 번째로 중국에 갔을 때 처음 만났습니다. 박제가는 41세, 나빙은 58세였지요. 나이와 국적과 언어의 차이에도 두 사람은 첫눈에 반했습니다. 생활고에 시달리면서도 맑고 아름다운 그림을 그리는 나빙과 서얼이면서도 자존심 하나로 살아가는 박제가는 첫 만남에 벗이 되었습니다. 짧은 시간에 이룬 우정의 깊이는 그들이 이별하면서 나눈 시가 잘 보여 줍니다. 나빙은 박제가에게 초상화와 매화 그림을 선물한 뒤 이렇게 썼습니다.

살얼음에 잔설 남는 초봄이 오면 생각하니,
숲 아래 물가 사람 너무도 그리워라.

그리움이 진하게 드러난 시를 받은 박제가는 감격했고 이렇게 답했습니다.

오늘 수레에 오르는 마음이 상쾌하지 않은 건
살얼음과 잔설이 이별의 정을 울리기 때문이네. • 박제가, 나빙과 이별하며,『정유각집』

편지로 이어지던 둘의 교류는 1799년에 끝이 났습니다. 나빙이 먼저 세상을 떠났기 때문입니다. 1801년 다시 중국을 방문한 박제가는 나빙이 머물던 곳을 찾아 제사를 지냈습니다. 어떤 이가 이미 죽은 사람인데 군이 많은 돈을 들일 필요까지 있느냐고 물었습니다. 박제가는 어리석은 질문에 현명한 답으로 대응했습니다.

"인생에서 가장 중요한 건 나를 알아주는 벗입니다. 돈 따위는 하나도 중요하지 않습니다."

🔍 　　박제가 사랑은 한결같구나. 그리고 보니 유난히 날카로운 네 눈썹도 박제가와 꽤 닮았다, 하하(비웃음 아닌 거 알지?).

그렇다면 난 역관 조수삼을 소개하고 싶다. 박제가 이야기와도 일맥상통하는 부분이 있으니까. 그리고 조수삼은 무려 여섯 번이나 중국에 다녀왔거든. 박제가보다 두 번이나 더 많지. 뭐 경쟁은 아니지만, 그래도 내가 이긴 건 분명하다.

조수삼이 마지막으로 중국에 갔을 때의 일이다. 전에 가깝게 지내면서 도움을 받았던 중국인의 아들을 우연히 만났다. 행색이 말이 아니었다. 가문이 풍비박산이 나고 떠돌이 신세가 된 지 벌써 몇 년이 되었다고 했다. 사람들이 안타깝다는 듯 쯧쯧 소리를 냈다. 다들 돌아서려는데 그 순간 조수삼은 자신이 가져온 돈을 모두 그에게 건넸다. 지켜보던 이가 한마디 했다.

"당신 나이 이제 칠십이오. 앞으로 중국에 올 일이 없는데 다시 볼 수도 없는 중국인, 그것도 쓸모도 없는 중국인에게 돈을 모두 건네다니 제정신이오?"

조수삼은 그저 빙긋 웃었다. 사람들은 세상 물정에 어두운 노인네가 정신도 나갔다고 수군거렸다. 하지만 조수삼을 아는 벗들은 그 이야기를 듣고 이렇게 말했다.

"경원(조수삼의 호) 노인이 경원 노인 했네!"

조수삼은 역시 조수삼답다는 뜻이다.

기왕 조수삼 이야기가 나왔으니 조수삼 자신은 위의 일에 대해 어떻게 생각했는지 살펴보는 것도 좋겠다. 조수삼은 자신의 일생을 정리해 쓰면서 속내를 밝혔다.

집안이 가난해 거친 밥도 제대로 못 먹었다. … 평소에는 술을 즐기지 않았다. 사절단을 따라가서 요동 벌판을 지나 발해를 내려다보고 북경 시장에서 노닐 때면 큰 술잔으로 하루 몇 말을 마시기도 했다. • 조수삼, 생을 돌아보다, 『추재집』

조수삼이 중국인에게 거금을 그냥 건네준 이유를 조금은 짐작할 수 있겠다. 그러나 현실보다 낭만에 경도된 조수삼의 태도를 알아줄 벗이 많았을 리는 없다(대중성보다 실험성에 방점을 찍은 내 글이 인기가 없듯!). 그래서 조수삼은 이렇게 썼다.

손님이 찾아와도 사양하고 만나지 않았다. 몇몇 벗과만 어울렸다. 그들만이 나를 깊이 알아주기 때문이다.

박제가도 마찬가지겠지. 박제가가 왜 굳이 중국인 벗에게 마음을 주었을까? 가난한 형편에 왜 추모하는 일에 거금을 쏟아부었을까? 외로웠기 때문이겠지. 그리웠기 때문이겠지.

유만주의 책에 박지원의 「유리창기」를 읽었다는 내용이 나오더군요. 『열하일기』를 말하는 것이겠지요. 조수삼의 이야기와 일맥상통하는 부분이 있어 보입니다.

나는 유리창 안에 홀로 서 있다. 내가 입은 옷과 갓은 천하 사람들이 모르는 것이고, 내 수염과 눈썹은 천하 사람들이 처음 보는 것이고, 반남 박씨는 천하 사람들이 처음 들어 보는 성일 것이다. 그러므로 나는 성인도 되고, 부처도 되고, 현인도 되고, 호걸도 될 수 있다.

떠난다고 외로움이 사라지는 건 아닙니다. 벗이 마구 생겨나는 것도 아닙니다. 하지만 머무르는 것보다는 낫겠지요. 아무것도 안 하는 것보다는 역시 뭐라도 하는 게 좋으니까요. 그리고 실험성이라니… 도무지 무슨 말을 하는 건지 전혀 이해가 안 됩니다! 농담이 아니라 언어도단에 가깝습니다!

🌀👓　　오호, 내가 책을 제대로 골랐구나. 비록 내가 산 책은 아니지만 말이다. 증정의 기술이라고나 할까? 무엇보다도 네가 책을 제대로 활용한다고 말하는 게 더 맞을 것 같기도 하고. 아무튼 킵 고잉! 네 말에는 크게 찬성! 그래, 가만히 있으면 뭐하니? 뭐라도 해야지! 할 일이 없으면 청소라도 하던가. 언어도단을 일삼는 삼촌에게 과자라도 대접하던가.

　화가 **이정**의 목숨(?)을 구한 중국인 벗 이야기나 하나 덤으로 보낸다. 고상하게 화집을 감상하다가 — 난 쉬는 시간을 이렇게 보내지 — 우연히 발견한 이야기란다. 돌발 퀴즈 하나. 왜 이정이라는 이름을 굵게 썼을까?

　중국인 벗이 없었다면 이정의 대나무 그림은 그저 그런 수준에서 끝났을 것이다. 이정이 어느 날 대나무를 그렸는데 마음에 쏙 들었다. 중국인 벗에게 보여 주었더니 껄껄 웃으며 말했다.

　"대나무가 아니라 갈대로군."

　이정은 당장 절교를 선언했다. 집에 돌아와서도 분이 풀리지 않았다. 다음 날 이정은 집 주위에 대나무를 심었다. 대나무가 자라 숲을 이루자 그 안에서 살았다. 먹고 잘 때도 대나무 숲에서 떠나지 않았다. 이정은 대나무 사람이었다. 대나무의 소리와 빛깔에 취해 하루, 또 하루를 보냈다. 이정은 대나무를 대나무처럼 그리려고 노력했다. 겉모습뿐만 아니라 대나무 그 자체를 종이에 옮겨 그리려고 노력하고 또 노력했다.

몇 년 뒤 이정은 자신의 대나무 그림을 들고 중국인 벗을 다시 찾았다. 중국인 벗은 뭐라고 했을까? 그 답은 상상에 맡긴다.

🫖☕　　 몇 년 전 삼촌과 전시회에 가서 이정 그림을 본 걸 이야기하려는 거지요? 기억이 아주 잘 납니다. 제 기억력은 누구와 달리 무척 훌륭하거든요. 하긴, 자랑할 정도의 일은 아닙니다. 둘이 같이 어디를 간 일 자체가 다 해 봤자 두세 번밖에 안 되니까요.

기왕 퀴즈까지 내셨으니 전시회에 대해 더 말해 볼까요? 전시회에 더 있고 싶다고 말했더니 삼촌이 어떻게 했는지는 기억이 안 나십니까? 기억을 잘 더듬어 보시기를. 또 하나, 우리가 왜 전시회에 갔는지는 아십니까? 엄마가 표를 주었기 때문입니다. 그 시기에는 엄마와 아빠가 몹시 바빴던 모양입니다. 몹시 귀찮아하던 표정의 삼촌이 생각을 바꾼 이유를 추측해 봅니다, 엄마가 건넨 건 표만이 아니었겠지요. 거액(?)의 용돈도 함께였겠지요.

그리고 이정의 중국인 벗에 대해서는 조금 다른 이야기도 있답니다. 조선에 사신으로 왔던 명나라 사람 주지번이라는 설이지요.
주지번은 이정의 그림을 보고 혹평했습니다.

"엉망이로군. 큰 대나무 잎은 버드나무 잎 같고, 작은 대나무 잎
은 갈대 같소."

뭐 주지번이건 이름 모를 중국인 벗이건 크게 상관이 있는 건
아닙니다. 삼촌의 말버릇대로 그냥 그렇다는 겁니다….

어려울 때
더 단단해지는 우정

조선을 대표하는 명필 이광사는 유배지 신지도에서 세상을 떠났다. 이광사는 해마다 박씨를 심었다. 박이 열리면 속을 파내고 옻칠을 해서 단단하게 만들었다. 자신이 직접 쓴 글을 둘둘 말아 넣은 후 밀랍으로 입구를 막고, 옻칠로 틈을 단단히 메웠다. 이광사는 그렇게 만든 타임캡슐 같은 박을 바다에 띄웠다. 바다는 천하에 통하지 않는 곳이 없으므로 외국 각지에 자신의 글씨를 퍼뜨리려 한 것이다. 자신을 알아주는 진정한 벗을 외국에서 찾는 이광사의 외로운 마음을 읽을 수 있다.

그런데 재미있는 사연이 있다. 버클리 대학에는 이광사의 문집인 『원교집』이 있는데 그 안에는 「수북집」이 들어 있다. 수북은 이광사가 신지도에 있던 시절 쓰던 호다. 「수북집」이 포함된 『원교집』은 버클리 대학의 것이 유일하다고 한다. 바다 건너에서나마 자신을 알아줄 벗을 찾던 이광사의 꿈은 이렇게라도 이루어진 것일까?

추신 1 그날의 기억이 어렴풋이 떠오르기는 하는구나. 그래, 네 엄마가 표를 구해 주었지. 자기는 일이 있으니 아직 초등학생이었던 너를 좀 데리고 다녀오라고. 예술에 대한 우리의 성향이 무척 다르다는 걸 알게 되었지. 넌 참 그림을 오래도 보더구나. 네가 한 번 볼 동안 나는 세 번을 보았으니까. 네 눈이 두 개고, 내 눈이 여섯 개인 것도 아닌데 말이다.

내가 한 말도 선명하게 생각난다. 약속이 있어서 이만 가 볼 테니 보고 싶으면 혼자서 더 보라고. 미안하다. 생각해 보니 그건 협박이나 마찬가지였겠구나. 물론 통했지만 말이다. 참고로 거액의 용돈은 받지 않았단다. 단 한 푼도! 그냥 널 보러 간 것이지, 하하. 믿고 안 믿고는 네 마음이다, 하하.

추신 2 그래도 조금 반성하는 의미에서 이정과 가까웠던 허균의 「추모사」를 첨부한다. 읽을 때마다 마음을 울리는 글이다.

나는 세속과 잘 맞지 않아 따돌림을 받았다. 그대만이 홀로 나와 마음이 맞았다. 그래서 우리는 일찍부터 가까웠다. 이제 사람들이 무리를 지어 나를 헐뜯고 꾸짖는다. 아, 그대도 없는 나는 어디로 가야 할까? ●허균, 이정을 추모하다. 『성소부부고』

🐌 　 허균의 추모사와 반성이 무슨 관계인지는 잘 모르겠으나, 아무튼 사과하는 거지요? 좋습니다. 기꺼이 받아들이겠습니다. 몇 년도 더 지난 일로 꽁해 있다는 말은 듣고 싶지 않으니까요(삼촌은 분명히 그럴 사람입니다!). 게다가 제가 그림을 유난히 느리게 보는 것은 사실이니까요. 눈이 여섯 개(?)이면서도 대충 보는 삼촌이 그 느림의 미학을 알 리는 없겠지요. 목적이 어찌되었건 허균의 글은 잘 읽었습니다. 삼촌 말대로 마음을 울리는 글입니다. 이정 그림의 비밀이 담긴 또 다른 부분을 인용해 봅니다.

　이정은 일찍 부모를 잃고 숙부의 집에서 자랐다. 부모의 얼굴을 몰랐기에 초상화를 상상해서 그려 놓고는 아침저녁으로 보고 절하며 울었다.

🕶 　 이거 뭐, 인용하는 솜씨가 보통이 아니네. 도대체 너라는 소년은…. 네 엄마를 닮은 교수가 꿈이냐? 그렇다면 네가 따라올 수 없는 삼촌과 조카의 이야기로 받아 주마.
　『구운몽』으로 유명한 김만중이 남해로 유배된 일은 너도 알고 있을 것이다. 그런데 절해고도에 유배된 건 김만중만이 아니었다. 김만중의 장조카 김진귀는 제주도에 유배되었고, 둘째 조카 김진규는 거제도에 유배되었다. 집안이 무너진 것이나 다름없는 상황에서 김만중은 시 한 편을 지어 조카에게 보냈다.

바다 구름 끝에는 아스라한 섬 세 개

신선들이 사는 방장산, 봉래산, 영주산이 이어졌네.

숙부와 조카 둘이 나누어 차지하니

남들은 우리를 신선이라 부러워하리라. •김만중, 조카들의 유배 소식을

듣고,『서포집』

유배객의 고단한 신세를 단번에 신선의 삶으로 바꿔 버린 삼촌
의 농담에 조카는 어떻게 대응했을까? 김진규의 시다.

어째서 온 집안이 바닷속에 머물러

물고기, 자라, 맹꽁이, 거북이와 함께 사는 걸까? •김진규, 바다가 우리

의 거처,『죽천집』

어떠냐? 저절로 웃음이 나오는 재미있는 시 아니냐? 너도 김진
규처럼 조금은 여유를 즐겼으면 한다. 물론 곧 고등학생이 될 테
니 마냥 여유롭기는 힘들겠지만 말이다. 깐깐한 성격도 한몫할 테
고. 매사에 여유로운 나를 보며 조금 고쳐 보는 것도 나쁘지 않겠
다, 하하.

말이 나온 김에 보태자면 남해에서의 김만중은 전혀 즐겁지 않
았다. 이 시기에 쓴 『사씨남정기』는 어떻게 보면 김만중의 자서전
이기도 하다. 주인공 유한림은 모진 바람과 독한 안개가 아침저녁

으로 일어나고 산천과 풍속이 특이한 곳으로 유배되었으니까. 소설은 해피엔딩으로 끝난다. 모략을 받았던 유한림이 화려하게 정계에 복귀하는 것이다.

현실은 조금 쌀쌀하다. 김만중은 유배지에서 채 3년을 버티지 못하고 세상을 떠났다. 『사씨남정기』를 사서 선물하고 싶다만 다행히 그럴 필요는 없겠다. 네 엄마 방에 잔뜩 있을 테니.

🐌 삼촌, 유만주 책에 조정철이란 사람이 나옵니다. 유만주는 조정철의 특이한 소문에 주목했지요.

조영순의 둘째 아들 정철은 제주도로 귀양을 가서 양태(갓양태)를 엮어 먹고 사는데, 재주가 좋아 아주 잘 만든다고 한다. 호남에서는 정철 양태라고 하면 아주 인기가 높단다. • 유만주, 『일기를 쓰다2』

묘한 이야기입니다. 당장 궁금해져서 조정철에 대해 알아보았습니다. 조정철은 1777년부터 1807년까지 제주도(추자도 포함)에서 31년 동안 유배 생활을 했습니다. 31년, 상상이 안 갑니다. 전도양양했던 청년 조정철이 장인의 죄에 연루되어 제주도에 온 건 27세 때의 일이었고, 유배에서 풀려난 건 58세 때의 일이었으니까요. 그런데 조정철이 살아남은 건 어떤 면에서는 기적이었습니다.

1781년 조정철은 죽을 뻔했습니다. 조정철 집안과는 원수지간이었던 제주 목사는 조정철의 집에 드나들었다는 혐의를 잡아 홍윤애를 체포했습니다. 장인의 죄가 정조 시해 모의라는 중죄였던 까닭에 외부인은 출입할 수 없었습니다. 하지만 홍윤애는 혹독하게 매질을 당하면서도 그 사실을 부인했습니다. 결국 홍윤애는 목을 매어 자살했고 조정철의 혐의는 흐지부지되었습니다. 그렇다면 여기에서 사실을 확인해야겠지요. 홍윤애는 정말로 조정철의 집을 드나들지 않았을까요?

　그렇지 않습니다. 둘 사이에는 딸까지 있었습니다. 홍윤애는 조정철을 살리기 위해 거짓말을 했고, 거짓말이 들통나기 전에 목숨을 끊었습니다. 홍윤애의 거짓말 덕분에 조정철은 살아남았고, 1807년 드디어 유배 생활에서 풀려났습니다. 그런데 이 이야기에는 놀라운 반전이 있습니다. 1811년 조정철이 다시 제주도로 온 것이지요. 그것도 유배객이 아닌 제주 목사로. 제주 목사 조정철은 홍윤애의 무덤 앞에 묘비를 세우고 홍윤애가 자신을 위해 죽은 사실을 낱낱이 기록했습니다.

　(추신) 『사씨남정기』는 옛날 옛적에 읽었습니다. 저는 아무래도 『구운몽』 쪽에 더 끌립니다. 그리고 삼촌은 엄마에게 엄청난 콤플렉스를 느끼나 봅니다. 굳이 '잔뜩'이라는 삐뚤어진 표현을 골라서 쓴 걸 보니 말입니다. 궁금해져서 엄마 방을 찾아보니 세 권밖

에 없더군요.

🌀　　계산적이고 차가운 너에게도 낭만주의자 같은 면이 있기는 있었구나. 하긴 슬슬 이성의 벗을 사귈 때도 되었지. 원하는 건 혹시 삼각관계? 농담이고, 그래 유배, 참 극한적인 상황이기는 하지. 그러다 보니 처절한 이야기들이 참 많지. 하지만 사람들은 그 어려운 여건 가운데에서도 견딜 방법을 찾아낸다. 그중 으뜸은 벗들과 나누었던 꿈같은 옛 기억일 테고. 조희룡을 소개한다. 이 사람이야말로 진정한 낭만주의자이기 때문이다.

유배객 조희룡은 오랜 벗 이기복에게 편지를 받았다. 편지를 다 읽은 조희룡은 바닷가를 거닐었다. 한참 파도를 보는데 갑자기 눈물이 흘렀다. 방으로 돌아온 조희룡은 단숨에 답장을 썼다.

울음이 한번 변하면 취함에 이르고, 취함이 한번 변하면 잠에 이르고, 잠이 한번 변하면 꿈에 이르고, 꿈이 한번 변하면 추억에 이릅니다. 나는 그대와 손을 맞잡고 산사와 야외의 별장을 노닐며 시를 짓지요. 아, 꿈속의 꿈이라 어느 것이 꿈이고 어느 것이 현실인지 구분을 못 하겠습니다. 그저 저는 꿈과 현실 사이에서 세월을 마치고자 할 뿐입니다. • 조희룡, 이기복에게 답하다, 『수경재해외척독』

어떠냐, 꽤 정감이 넘치지 않느냐? 조희룡의 〈매화서옥도〉를 첨부한다. 매화가 강물처럼 — 장마철이란 말은 네가 싫어하니 빼마 — 마구 흘러넘치는 게 글과 그림이 참 비슷하다!

(추신 1) 콤플렉스라, 인정한다. '잔뜩'이라고 쓴 건 뭐랄까, 네 엄마와는 늘 그런 식이었기 때문이다. 서로를 물고 뜯는 사이라고나 할까, 물론 열 번에 열 번 모두 내가 뜯겼지만, 하하. 웃는 게 웃는 게 아니란다, 하하. 그리고 『사씨남정기』가 세 권 있으면 잔뜩 아니냐?

(추신 2) 네 제주도 이야기를 들으니 왠지 〈제주도의 푸른 밤〉이라는 노래가 부르고 싶어지는구나. 함께 부를까?

저에 대해 잘 모르시는군요. 이성 벗을 사귈 생각은 아직 없고, 삼각관계엔 취미가 없고, 조희룡은 뭐랄까, 저에겐 좀 과합니다. 세 권과 '잔뜩'의 관계에 대해서는 말하지 않겠습니다. 노래는 사양하겠습니다!

제가 생각하는 낭만은 이렇습니다. 예를 들면 정약용의 퇴계 사랑 같은. 냉정한 듯하지만 정말로 뜨거워서 삶의 방향을 바꿀 수도 있는, 비유하자면 연애가 아닌 진짜 사랑이지요.

다산과 퇴계의 **만남**

1795년 7월 29일, 다산 정약용은 금정역에 도착했다. 오늘날의 청양군 화성면 용당리다. 불과 며칠 전까지 승지였던 사람이 천주교와 연관되었다는 혐의를 받고, 하루아침에 금정역 찰방으로 좌천되었다. 정3품에서 종7품으로 떨어졌고, 임금을 모시는 대신 말을 돌보는 신세가 되었다. 급전직하! 초고속 지옥행 엘리베이터를 탄 것과 다를 바 없었다. 함께 일했던 관리들이 위로의 글을 보냈고, 고을 선비들이 찾아와 생각보다는 좋은 곳이라며 위로를 건넸다. 정약용은 겉으로는 괜찮다고, 어차피 인생은 오르막길과 내

리막길의 연속이라며 도통한 사람처럼 받아쳤지만, 속내는 달랐다. 남인과 노론이 피 튀기며 싸우는 상황이었다. 삼십 대 초반 젊은 정약용의 정치 생명을 끊어 내는 것쯤은 노론에게는 일도 아니었다.

도무지 마음을 잡지 못하던 정약용에게 편지 한 통이 도착했다. 아버지의 벗 나주 목사 이인섭의 편지였다. 이인섭은 찰방으로 임명한 건 임금께서 장차 옥으로 단련해 쓰시려는 의도라고 위로한 뒤 이렇게 썼다. '지금을 위한 계책으로는 성리학의 글을 부지런히 읽는 것이 최고라오.'

얼마 후 정약용은 이웃을 통해 『퇴계집』을 손에 넣었다. 절묘한 우연이거나 필연이었다. 퇴계야말로 조선 성리학을 대표하는 학자였으며, 남인들이 가장 존경하는 인물이었으니. 심드렁하게 『퇴계집』을 훑어보던 정약용의 눈빛이 달라졌다. 지금껏 여러 번을 읽었고 다 알고 있다고 여긴 책이었으나 상황이 달라진 까닭인지 느낌도 전과는 달랐다. 그중에서도 퇴계가 쓴 편지들이 가장 마음에 와 닿았다.

　퇴계는 부드럽고도 엄정한 사람이었다. 따뜻한 마음으로 사람을 대하면서도 잘못은 그냥 넘기지 않는 사람, 그러면서 자신에 대해서는 늘 반성하는 사람이었다. 정약용은 그렇지 못했다. 부드럽기보다는 똑똑한 사람이길 원했고, 엄정하기보다는 주관을 중시했고, 반성하기보다는 두드러지기를 희망했다. 생각해 보면 그러한 성향이 지금의 화를 만든 것이었다. 정약용은 결심했다. 퇴계의 편지를 읽기로. 서둘러 읽는 것이 아니라 하루에 한 통의 편지만 정성을 들여 읽기로. 그런 후 자신을 반성하는 글을 써 나가기로.

　다음 날부터 정약용은 자신의 결심을 실천에 옮겼다. 사방이 아직 어두운 새벽에 눈을 뜬 정약용은 세수를 마친 후 정좌하곤 퇴계의 편지를 읽었다. 정약용은 편지의 내용을 생각하며 일과를 보았다. 틈날 때마다 머릿속으로 퇴계의 글귀를 곱씹었고, 자신이라면 어떻게 했을지 생각했다. 그렇게 읽고 생각하기를 마친 후에는 글로 옮겨 적었다. 단순하다면 단순한 작업이었으나 효과는 놀라웠다. 정약용은 가까운 이에게 보낸 편지에 이렇게 썼다. '신기하게도 정신이 펴지고 기운이 편안해지며 뜻과 생각이 가만히 가라앉습니다. … 이 책은 사람의 병을 고치는 특효약입니다.'

　이쯤 해서 정약용의 반성문을 잠깐 살펴보는 게 좋겠다. 퇴계가 자신의 허술함을 한탄한다고 쓴 편지를 읽고는 이렇게 썼다. '헛된 이름이 높으면 비방이 일어나고 마침내 재앙이 생긴다. 내가 평생 총명함이 부족한데도 사람들은 기억력이 좋다고들 칭찬을 아끼지 않았다. 이런 말을 태연히 받아들이며 사람들이 속는 것을 즐기다가 능력에 맞지 않는 엄청난 요구를 받으면 재주가 드러나 옴짝달싹 못 하고 몸 둘 곳도 없을 것이다.'

　퇴계가 두 번 허물이 있어도 고치면 허물이 없는 것과 같다고 쓴 편지를 읽고는 이렇게 썼다. '우리는 모두 허물이 있는 사람이다. 세상을 우습게 여기고 남을 깔보는 것, 재주와 능력을 뽐내는 것, 명예를 탐내고 이익을 좋아하는 것, 남에게 베푼 걸 잊지 못하고 원한을 떨치지 못하는 것 모두 다 허물이다. … 우리의 급선무는 개과, 이 두 글자일 뿐이다.'

　뼈에 사무치는 글들이 많으나 내용 소개는 여기서 줄이기로 한다. 정약용은 총 33편의 편지를 읽고, 자신의 느낌, 즉 반성문을 썼다. 반성문 때문은 아니겠지만, 정약용은 12월 25일, 5개월의 금정 생활을 마감하고 서울로 돌아왔다. 기간은 짧았으나 정약용의 생각이 바뀌기에는 충분한 시간이었다. 훗날 정약용이 기나긴 유배를 견딜 수 있었던 건 이때의 반성 덕분이었다고 나는 생각한다. 모두 바쁘고 어려운 나날들을 보내고 있겠지만 이 기회에 『도산사숙록』을 읽어 보기를 권한다. 정약용이 그랬듯 하루에 한 장씩만, 이른 아침, 혹은 늦은 밤, 나 홀로 있는 시간에.

🔍 어딘지 익숙하다 했더니 네 엄마가 쓴 글이로구나. 이번 글은 내용이 꽤 괜찮네. 엄마답게 역시 지나치게 교훈적이기는 하지만 말이다. 가르치려는 습성은 본능일까? 그나저나 너는 나이치고는 엄마를 참 좋아하는구나. 뭐, 너의 취향이니까. 그리고 엄마로서는 나쁘지 않을 수 있지. 누나로서는 영 별로라도 말이다.

그래, 정약용만큼 크게 솟구쳤다가 떨어진 이도 없지. 그 어려운 시절을 이황과 함께 극복했다는 사실은 잘 알지 못했다. 좋은 자료, 고맙다. 하지만 정약용의 벗이라면 역시 형 정약전이지. 어린 시절부터 제일 가까운 사이였으니. 정약용이 형 정약전과 함께 산사에서 공부하던 시절의 글이다. 정약용의 감수성이 돋보인다.

형님은 『상서』를, 나는 『맹자』를 읽었다. 첫눈이 가루처럼 바닥을 덮었고, 계곡의 물은 얼어붙기 직전이었다. 산의 나무는 물론이고 대나무마

저도 추위에 파랗게 변해 움츠렸다. 아침저녁으로 거니노라면 저절로 정신이 맑아졌다. 아침에 일어나면 시냇물로 달려가서 양치질하고 얼굴을 씻고, 식사 시간을 알리는 종이 울리면 스님들과 나란히 앉아 밥을 먹는다. 날이 저물어 별이 보이면 언덕에 올라 휘파람 불며 시를 읊고, 밤이 되면 스님들이 게송을 읊고 불경을 외우는 소리를 듣다가 다시 책을 읽는다. • 정약용, 동림사에서 공부하던 시절, 『다산시문집』

　네가 정약용을 인용했으니 나는 같은 정씨(대단한 이유 아니냐?) 정도전을 한번 살펴보기로 한다. 고려 말 정도전은 이인임 일파의 견제를 받아 나주로 유배되었다. 잘나가던 정치가에서 하루아침에 죄인으로 처지가 바뀌었다. 바뀐 건 처지만이 아니었다. 정도전은 세상인심의 무서움을 몸과 마음으로 경험했다. 벗들이라고 여겼던 이들이 제일 먼저 등을 돌렸다. 하지만 정도전은 뜻밖의 곳에서 벗을 얻었다. 바로 유배지에서. 그것도 천민들이 집단으로 거주하는 나주 소재동에서.

　내가 세 들어 사는 집주인 황연은 술을 좋아했다. 술이 익으면 반드시 나를 초대해 함께 마셨다. 친해질수록 더욱 공손했다. 김성길은 문자를 좀 알았고 아우인 천도 이야기 나누는 걸 즐겼다. 늙은 나이에 중이 된 서안길은 코가 높고 얼굴이 길쭉하며 용모와 행동이 괴상했다. 김천부와 조성도 술을 잘 마셨다. 이들은 날마다 나를 따라 노닐었으며 철마다 토산물을 얻으면 반드시 술을 함께 가지고 와서 한껏 즐기고서야 돌아갔다. • 정도전, 소재동 사람들, 『삼봉집』

정도전은 처음에는 의아하게 여겼다. 죄인인 자신에게 다른 목적을 갖고 접근하는 건 아닌가 의심했다. 시간이 조금 지나고서야 그들이 진심임을 알았다.

마을 사람들은 세상의 버림을 받고 멀리 귀양 온 나를 후하게 대접한다. 궁한 처지를 불쌍히 여기는 걸까? 아니면 워낙 궁벽한 곳에서 살아 내가 죄인인 걸 모르는 걸까? 아무튼 그들의 정성이 지극했다. 한편으로는 부끄럽고 한편으로는 감동했다. 기록으로 남겨 내 마음을 표시한다.

추신) 떠나요, 둘이서…. 〈제주도의 푸른 밤〉, 정말 함께 부르기 싫으냐?

서안길에 대한 표현이 참 재미있네요. 정도전도 마냥 딱딱한 사람은 아니었나 봐요. 정도전 이야기를 들으니 또 다른 유배객 김려가 떠오릅니다. 멀고 먼 북쪽 지방 부령에서 김려는 참 많은 벗을 사귀었지요. 키 작고 다부진 사냥꾼 최복, 말 잘 타고 활 잘 쏘는 황대석, 문무에 고루 뛰어난 솜씨를 발휘한 지

덕해 같은 이들 말입니다. 하지만 제게 가장 인상이 깊었던 건 부령을 떠나 멀고 먼 남쪽 지방 진해에서 유배 생활을 하던 시절 사귄 벗입니다.

세 들어 사는 주인집에는 작은 고깃배 한 척이 있었고, 글을 몇 자 읽을 줄 아는 열한두 살 먹은 아이가 있었다. 매일 아침 짧은 망태를 지고 낚싯대 하나를 들고서, 아이에게는 담배와 차, 화로 따위를 들게 했다. 배를 저어 바다로 나가면 항상 큰 파도와 무시무시한 물결 사이를 오고 갔다. 가깝게는 혹 서너덧 리, 멀게는 혹 수백 리까지 나가 하루나 이틀씩 머물다 돌아오곤 했다. •김려, 우해이어보 서문,『담정유고』

김려는 이 아이 덕분에 마음을 다스리고『우해이어보』라는 책을 완성할 수 있었답니다. 그러니 김려의 벗 목록에서 이 아이를 빼놓을 수는 없겠지요.

추신 이번엔 노래 타령입니까? 대단하십니다, 그만!

오호 좋은 글이로구나. 그렇다면 나는 정약전이 쓴『자산어보』를 말해야겠네. 흑산도로 유배된 정약전은 정약용의 권유에 따라 해양 생물학 백과사전을 집필했는데 그 결과물이 바로 『자산어보』다. 『자산어보』에는 226종에 달하는 해양 생물이 실려 있다. 여기서 의문 하나가 든다. 바닷가에는 살아 본 적도 없는 양반 정약전이 어떻게 해양 생물에 대해 빠삭한 걸까? 그렇다. 흑산도에서 사귄 벗이 있었다. 정약전은 자산어보 서문에 그 벗의 이름을 언급한다.

섬 안에 장창대라는 이가 있었다. 문을 닫고 손님을 사절하면서 독실하게 옛 서적을 좋아했다. … 성품이 차분하고 꼼꼼해 귀와 눈에 들어오는 모든 풀과 나무와 새와 물고기 등의 자연물을 모두 세밀하게 살펴보고 집중해서 깊이 생각해 성질과 이치를 파악했다. 그의 말은 믿을 만했다. 나는 장창대를 초대해 함께 먹고 자면서 궁리했다. 그 결과물을 차례 지워 책을 완성한 후 『자산어보』라는 이름을 붙였다. •정약전, 자산어보를 쓰며, 『자산어보』

정약전 덕분에 장창대는 자신의 이름을 남길 수 있었다. 물론 정약전이 장창대의 이름을 넣은 것은 그만큼 고마웠기 때문일 것이겠고.

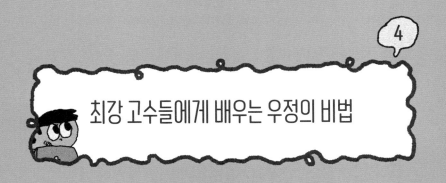

최강 고수들에게 배우는 우정의 비법

4

놀 때는
제대로 놀아라

어제는 오래간만에 재미있게 놀았습니다. 중고 서점도 좋았고, 아이스크림도 좋았고, 영화관도 좋았습니다. 최고는 집에 돌아와 밤새 즐겼던 게임의 시간이었지요. 그나저나 삼촌은 게임을 정말 못하네요. 실력이 그렇게 없는데 왜 못한다고 스스로 실망하고 화를 내는지 그 이유를 도무지 모르겠습니다, 하하.

선물은 책상 서랍 안에 넣어 두었습니다. 참고로, 아이스크림보다는 조금 더 비싼 선물입니다.

그래, 어제는 재미있었다. 게임, 아 게임… 원래는 잘했다니까, 게임 천재였다니까. 증명할 방법은 통 없지만 말이다. 그런데 한 가지 알아야 할 것이 있다. 어제는 너의 수준에

맞추기 위해 유치하게 놀았다만 내가 원래 그런 사람은 아니란다. 내가 이래 봬도 수준이 있는 사람이거든. 그 옛날 이인상과 이윤영처럼.

이들은 당대의 가장 강경한 보수 세력에 속했지만, 정직하고 깨끗하고 위선을 모르는 이들이었다. 벼슬을 마다하고 칩거하며 공부에 목숨을 건 이들이기도 했다. 하지만 고지식하고 멋없는 선비는 아니었다. 추운 겨울이 되면 가까운 벗들을 초대해 '빙등조빈연'이라는 이름의 모임을 열었다. 얼음 등이 손님들을 비추는 연

회라는 뜻이다. 얼음 등이라니 쉽게 이해가 되지 않을 것이다.

커다란 백자 사발에 깨끗한 물을 가득 채워 문밖에 놓아둔다. 시간이 지나면 겉은 얼음으로 변한다. 구멍을 뚫어 안의 물을 쏟아 낸 후 사발을 엎으면 얼음으로 된 은빛 병이 나타난다. 구멍 속으로 초를 밀어 놓고 불을 붙인다. 붉고 밝은 기운이 환히 빛나는데 그 투명한 빛의 아름다움은 말로 표현할 길이 없다. •이윤영, 얼음 등을 읊다, 『단릉유고』

더 아름다운 건 얼음 등이 비추는 매화꽃의 모습이었다. 그래서 빙등조빈연에서는 매화보다 더 많은 시의 꽃 또한 피어났다는 아름답고 고급스러운 이야기다. 어떠냐, 빙등조빈연 이야기를 통해 나의 수준을 간접적으로나마 알 수 있겠지? 고급스러운 내가 너와 유치하게 놀아 준 것이다. 너를 즐겁게 해 주기 위해서 말이다. 알겠느냐, 하하!

(추신) 아, 하마터면 감격해서 울 뻔했다. 최신 노트북이라니, 네가 가지고 있는 것보다 더 좋은 사양이 아니더냐? 고맙다. 네가 중간에서 노력하지 않았다면 냉정한 누나가 내게 이런 고가의 노트북을 선물했을 리 없다. 차곡차곡 쌓은 우정의 마일리지가 드디어 현금으로 변했구나. 역시 오래 살고 볼 일이다, 하하.

수준이라… 아이처럼 신나게 아이스크림을 흡입할 때는 언제고, 중고 서점에 나란히 꽂힌 삼촌 책들을 보고 분개할 때는 언제고, 영화가 무섭다며 끙끙거릴 때는 언제고, 게임기를 부술 듯 흥분할 때는 언제고 등등의 말이 떠오르지만 생략하겠습니다. 대신 삼촌의 수준에 맞는 우아한 이야기나 하나 전해 드릴까 합니다. 삼촌을 위해 태어난 이야기라고나 할까요?

대화가 정선과 이병연은 절친이었습니다. 정선은 이병연에게 그림을 자주 선물했는데 그중 〈망천저도〉가 있었습니다. 이병연은 또 다른 벗 신정하와 이하곤에게 그림을 보이고는 글을 부탁했지요. 그런데 삼촌이 사랑하는 작가 신정하는 말귀를 못 알아들었는지(?) 엉뚱한 글을 썼습니다.

이병연은 그림을 모른다. 이 그림을 가질 자격이 없다.

어쩌면 이렇게 삼촌과 비슷할까요? 그림을 자기에게 달라고 대놓고 말하는 셈이었지요. 이하곤은 이병연 무시에 한 표를 던진 후 뜻 모를 말을 덧붙였습니다.

이병연에 대해 한 말은 절묘하다. 나와 신정하는 다 아는데 이병연은 통 모른다. 그리고 모름지기 어진 자는 많이 갖지 않는 법!

신정하는 어진 사람이므로 그림에 욕심을 낼 리 없다는 것입니다. 그러니까 그림을 가질 사람은 자기뿐이라는 것이지요. 이하곤은 소문난 그림 소장가였습니다. 이미 많이 가진 자는 사실 이하곤이었지요. 신정하가 욕심 좀 그만 부리라고 면박을 주어도 이하곤은 꿈쩍도 하지 않았습니다. 이하곤은 이렇게 썼습니다.

우리 집엔 옛날 그림 수십 점만 있을 뿐 요즈음 화가의 것은 없다. 소장한 그림도 많지 않을뿐더러 그림을 구하는 데에도 욕심을 부리지 않음을 알 수 있다. • 이하곤, 망천저도를 감상하며 쓰다,『두타초』

과연 이병연은 어떤 결정을 내렸을까요? 둘 중 한 명에게 그림을 넘겼을까요, 아니면 그 누구에게도 넘기지 않았을까요? 결말도 궁금하지만, 나이를 먹을 대로 먹은 선비들의 노는 모습이 더 재미있습니다.

추신 우정의 마일리지라는 말을 또 쓰는군요. 습관인가 봅니다. 저더러 자본주의적이다, 속물적이다, 잔뜩 욕한 건 다 잊으셨나 봐요. 하긴, 그 정도 노트북이라면 저라도 그러긴 하겠습니다만!
저는 아무것도 한 일이 없습니다. 삼촌의 처참한 노트북 상태에 대해 엄마에게 말한 적은 없다는 뜻입니다. 삼촌을 효과적으로 통제하려는 엄마의 전략적인 판단에 따른 결정입니다. 저는 삼촌의 방으로 이동만 시켰을 뿐입니다. 구매자인 엄마에게 진심으로 고마워하기를 바랍니다.

     ⚬   신정하와 심성이 비슷하다는 말은 칭찬으로 알아듣겠다. 이하곤도 신정하더러 어진 사람이라고 말했으니까 말이다, 하하. 다만 한 가지, 이하곤은 탐욕 가득한 사람은 아니었다. 이하곤은 책과 그림을 고루 사랑한 수장가였다. 그래서 고향 진천에 멋진 서재를 만들었다. 이름은 만권루.

  의미 있는 이름이었다. 소장하고 있는 책이 만 권이 넘었기에 만권루였고, 그의 조상 이제현이 충선왕과 더불어 만들었던 서재의 이름이 만권당이었기에 만권루였다. 이하곤은 만권루의 책 한 권, 한 권을 자식처럼 사랑했다. 모든 책에 장서인을 직접 찍었던 것이 그 증거이다.

  그런데 이하곤은 만권루를 요새로 만들지 않았다. 벗들을 불러서 자유롭게 책을 보게 했다. 자신이 모은 책들을 벗들이 기뻐하며 펼치는 것을 보는 게 이하곤의 진짜 기쁨이었다. 그러느라 책도 꽤 많이 사라졌지만 괜찮았다. 이미 그 책들은 이하곤에게 충분한 기쁨을 주었기 때문일 터.

  추신) 마일리지 운운한 건 비유란다, 비유. 그런데 그거 아냐? 네 엄마한테 감사의 인사를 하러 갔다가 게으름 그만 피우고 글이나 좀 열심히 쓰라는 훈계를 잔뜩 들었다. 분명 엄마는 '글을'이 아니라 '글이나'라고 표현했다. 내가 다시 추궁하니까 그렇게 표현한 건 미안하다고 하더니 게으름 피우지 말고 글을 열심히 쓰라고 곧장 바꿔서 말하더라. 네 엄마는 기왕 좋은 일을 해 놓고도 마무리가 항상 안 좋다니까. 학생들한테도 그럴까? 물론 선물이 선물인지라 나는 씩 웃고 한마디 대꾸도 더 하지 않았지.

🐌 이하곤은 책을 무척 사랑한 사람이군요. 이상하게 몰고 가지는 마세요(삼촌의 음흉한 버릇 중 하나이지요). 저는 이하곤을 나쁜 사람이라고 하지 않았습니다!

삼촌 수준에 맞는 격조 있는 이야기도 하나 찾았습니다. 제가 보기엔 나름대로만 수준 있는 삼촌이 이 이야기의 은근한 묘미를 제대로 이해할지는 모르겠습니다만….

이정리는 홍길주가 아끼고 신뢰하는 벗이었습니다. 홍길주는 작품이 완성되면 늘 이정리에게 먼저 보여 주었습니다. 이정리는 홍길주의 마음속을 들여다본 것 같은 정확한 평으로 벗을 흡족하게 했습니다. 또 하나, 홍길주가 늘 보고 싶어 하던 박지원의 문집을 구해다 준 이도 이정리였답니다(이정리의 아버지는 박지원의 처남이재성입니다). 홍길주는 중국에 가는 이정리를 배웅하면서 '중국이 이정리를 구경하기를 바란다'고 썼습니다. 벗에 대한 자부심이 가득한 표현이지요.

그런 이정리가 홍길주의 마음을 아프게 했습니다. 눈이 많이 내리던 어느 겨울날 동생 홍현주만 만나고 그대로 돌아가 버린 것이지요. 홍길주는 곧바로 시 한 편을 지어서 보냈습니다. 눈에 띄는 건 다음 구절입니다. '이제 와 다만 귀족 집만 찾는구나.'

홍현주는 임금의 사위였고, 홍길주는 과거도 포기하고 집에 틀어박혀 글이나 짓는 작가였습니다. 이정리가 놀라서 편지를 보내왔습니다. '어이쿠, 조만간 찾아가서 마음의 서운함을 풀어야겠네.'

물론 저는 홍길주가 진짜로 삐졌다고는 생각하지 않습니다. 그러나 꼭 어린아이 다툼 같은 이 대목은 나름의 묘미가 있습니다. 물론 홍길주도 상대가 이정리니까 이러한 행동을 했을 테고요.

추신) 엄마 앞에서 꾹 참았다…. 정색하고 말합니다. 그래서 삼촌더러 장하다고 해야 하는 겁니까? 삼촌이 초등학생입니까, 중학생입니까?

친구의
열혈 팬이 되어라

홍길주라, 너답게 잘 찾았네. 글을 참 재미있게 쓰는 작가이지. 그런 홍길주에게 가장 큰 영향을 미친 사람이 바로 박지원이다. 홍길주는 박지원을 한 번도 만나 본 적이 없으면서 진정한 벗으로 여겼다.

홍길주는 1828년, 즉 40대에 들어서야 처음 『연암집』을 읽게 되었다. 시작은 늦었지만, 진행 속도는 빨랐다. 홍길주는 단숨에 박지원의 글에 빨려 들어갔다. 어찌나 강렬하게 교감했는지 박지원과 자신을 아예 동일시하는 상황에 이르렀다.

거울을 가져다가 지금의 나를 본다. 책을 열어 선생의 글을 읽어 본다. 선생의 문장이 곧바로 지금의 내가 된다. 내일 다시 거울을 비춰 나를 보고, 책을 열어 선생의 글을 읽어 보면 선생의 문장이 내일의 내가 될 것이다. 내년에 다시 거울을 비춰 나를 보고, 책을 열어 선생의 글을 읽어 보면 선생의 문장이 내년의 내가 될 것이다. • 홍길주, 연암집을 읽고,『표롱을첨』

　어떠냐? 단순히 팬이라고 말하기에는 정도가 좀 심하지 않니? 거울 놀이를 하는 것도 아니고 말이다. 심지어 홍길주는 팔촌 형 박명원이 술에 취해 게워 낸 것을 보고 박지원이 즉흥적으로 쓴 장난스러운 시까지 대단한 보물인 양 수집해 자신의 문집에 수록했다. 내용은 이렇다.

　　대감께서 먹은 것 토해 내니
　　집에 있는 개들 얼씨구나 좋아하네. • 홍길주, 연암의 시,『수여난필속』

　내가 보기에 그리 수준 높은 작품 같지는 않다만 ― 냄새도 좀 나는구나 ― 팬의 눈에는 또 다르게 보이는 법이겠지. 네가 나의 글을 말로는 안 좋아한다고 하면서 뒤로는 다 찾아 읽는 것처럼. 중고 서점에서도 내 책 한 권을 나 몰래 사더구나. 네가 민망해할까 봐 일부러 못 본 체했다만, 하하.

　(추신) 그나저나 선물을 다리 놓아 주었다고 기가 많이 오른 느낌이다. 초등학생, 중학생이라니…, 고등학생이면 또 몰라도. 너보다 한 학년 위인 고1 정도면 적당하겠구나, 하하.

🔔　　홍길주만큼 박지원을 사랑한 이가 바로 서
유구입니다. 그런데 좋아하는 사람이 있으면 싫어하는 사람도 있
는 법이지요. 어느 날 김조순은 서유구와 이야기를 나누다가 박지
원 흉을 보았습니다.

"박 아무개는 맹자 한 구절도 제대로 못 읽겠지."

서유구는 발끈해서 대답했습니다.

"무슨 소리인가? 어르신은 맹자 한 장을 지을 수도 있다네."

김조순은 더 세게 반응했습니다.

"그대는 문장을 모르는군. 내가 있는 동안 글 다루는 관직은 바
라지도 말게."

서유구는 끝까지 물러서지 않았습니다.

"글 모르는 사람이 주는 관직은 바라지도 않네."

재미있는 것은 이 이야기를 기록한 사람이 바로 홍길주라는 사
실이지요. 진짜 팬이지 않습니까?

추신　초등학생, 중학생 발언은 취소하겠습니다. 네, 삼촌은 고등
학생입니다. 뒤로는 삼촌의 글을 다 찾아 읽는다니 도무지 무슨
이야기인지 모르겠습니다…. 증거라도 있습니까? 삼촌의 책을 산
건 사실입니다. 순수한 동정심의 발로랍니다!

🐌　　서유구도 박지원 팬클럽의 멤버였구나. 서유구라, 꽤 괜찮은 사람이지.

1787년 봄, 서유구는 벗들과 꽃구경을 나섰다. 복사꽃이 활짝 핀 언덕에 앉았는데 키 작은 남자가 아이 둘을 데리고 나타났다. 남자는 자신의 이름을 유준양이라고 소개했다. 나무를 심어 생계를 유지한다는 설명도 붙였다. 40대 유준양은 20대 초반이 대부분인 서유구 일행에게 정성껏 예절을 갖추었다. 신분의 차이 때문이었지만 태도에는 진심이 엿보였다. 유준양은 얼핏 보기에도 몸이 좋지 않아 보였다. 얼굴은 검었고 몸은 바싹 말랐다. 시선을 아래로 두었다가 말을 걸면 그제야 쳐다보았다. 유준양은 그렇게 한참을 머물다가 공손히 인사를 하고 사라졌다. 별다른 일도 아니었지만 유준양의 모습은 서유구의 기억에 남았다.

얼마 후 서유구는 유준양이 죽었다는 소식을 들었다. 몇 달 후 유준양의 동생 유건양이 추모의 글을 부탁하러 찾아왔다. 서유구는 유준양이 좋은 사람이었다고 말했다. 단 한 번 만난 사람이었지만 서유구는 그렇게 여겼다. 서유구는 자신에게 예의를 다했던 벗에게 마지막 선물을 주었다. 서유구는 묘지명에 이렇게 썼다.

천성을 온전히 지키다가 땅으로 다시 돌아갔다.
하늘과 땅에 부끄럼이 없다. • 서유구, 유준양을 추모하며, 『풍석전집』

이런 따뜻한 사람이 박지원을 욕하는 김조순 앞에서는 돌변한 거다. 어린아이처럼 화를 참지 못하고 발끈한 거다. 사람과 사람의 관계란 참 재미있지 않니?

삼촌이 청소년 잡지에 쓴 재미있다기보다는 조금은 슬픈 우정 이야기를 하나 찾았습니다. 박지원을 검색하다가 순전히 얻어걸린 것임을 알아주시면 감사하겠습니다. 삼촌의 글을 따로 찾아 읽지는 않는다는 점, 오해할까 봐 다시 강조합니다.

어떤 우정

1825년, 순조의 아들 효명 세자는 계산 초당을 방문했습니다. 계산 초당에는 박지원의 손자 박규수가 살았습니다. 열일곱 해를 산 효명 세자는 열아홉 해를 산 박규수에게 글을 읽고 글씨를 써 보라고 했습니다. 효명 세자는 한참을 머물다 궁으로 돌아갔습니다. 그날 밤 박규수는 좀처럼 잠을 이루지 못했습니다. 왕세자가 사가를 방문한 것은 드문 일이었습니다.

1827년, 효명 세자와 박규수는 다시 만났습니다. 효명 세자는 순조를 대신해 대리청정 중이었고, 박규수는 성균관의 유생이었습니다. 어느 날 박규수는 효명 세자가 지켜보고 있는 가운데 성균관 유생들을 상대로 주역을 강의했습니다. 효명 세자는 박규수에게 말을 걸지 않았습니다. 강의를 마친 박규수가 물러난 후 곁에 있던 신하에게 물었을 뿐입니다.

"박규수의 재능에 대해 사람들이 뭐라 하던가?"

효명 세자가 사람들의 생각을 물은 이유는 무엇일까요? 자신이 박규수를 관심 있게 보고 있음을 알리려는 의도였지요. 효명 세자의 생각은 적중했습니다. 사람들은 효명 세자의 일을 화제에 올렸고, 그 이야기는 박규수의 귀에도 들어갔습니다.

1829년, 효명 세자는 박규수에게 『연암집』을 올리라는 명령을 내렸습니다. 정조로부터 핍박을 받았던 조부의 문집을 올리라는 것도 감격스러웠지만, 더 감격스러운 명령이 떨어졌습니다.

"네가 쓴 것도 함께 올려라."

박규수는 『연암집』과 함께 자신이 지은 「상고도회문의례」를 함께 올렸습니다. 얼마 후 효명 세자는 필묵과 부채를 하사한 후 말했습니다.

"지은 것을 세세히 읽어 보니 너의 학문이 풍부함을 알겠다. 역대 임금들의 행적 중 모범이 될 만한 것들을 골라 글을 써서 올려라."

박규수는 칠언절구 100수로 된 시를 써서 바쳤습니다. 효명 세자의 본심은 이제 숨길 것도 없이 세상에 명명백백하게 드러났습니다. 그러나 효명 세자와 박규수의 만남은 끝이었습니다.

1830년 5월, 효명 세자가 갑작스럽게 세상을 떠났습니다. 자신을 알아주던 이를 잃은 박규수는 통곡하고 또 통곡했습니다. 통곡도 더 나오지 않게 되던 날 박규수는 마음을 다잡았습니다. 박규수는 자신의 자와 호에 사용했던 '환(桓)'이라는 글자를 '환(瓛)'으로 바꾸었습니다. '사람마다 제각기 선왕께 헌신하도록 하자'라는 기자의 말에서 뜻을 취했습니다. 그리고 박규수는 과거 응시를 포기했습니다. 박규수는 마흔이 넘어 정계에 진출하기 전까지 책을 읽고 책을 쓰고 벗을 만나고 벗을 생각하며 지냈습니다.

    🤓   알겠다. 내 글을 다 찾아 읽는다는 발언은 취소하마. 너는 내 글에 전혀 관심이 없다는 것을 인정하마. 그저 내 글은 어쩌다 얻어걸려서 읽게 된 것이며, 우연에 우연이 겹쳐서 알게 된 것으로 인정하마. 책을 산 건 관심이 아니고 위로와 동정심의 발로이고, 하하. 어떠냐, 이 정도면 만족하겠니?

너에게 한 가지 묻고 싶은 게, '우정의 마일리지'를 잔뜩 쌓은 지금에 와서 다시 확인하고 싶은 게 있다. 진지하게(?) 대답해 주렴. 나는 너에게 어떤 벗이냐? 좋은 벗이라는 재미없는 대답 말고, 너의 창의적인 대답을 기대한다. 다 이유가 있어서 그러는 것이니 묻지도 따지지도 말고 꼭 대답해 주기를 바란다.

조건 없이
지지하라

참 대놓고 솔직하게도 묻네요. 마일리지라는 말을 그다지 좋아하지 않는다는 뜻을 알렸음에도 일부러 계속 사용하는 것도 참 삼촌답네요. 그리고 저는 왜 갑자기 거짓말쟁이가 되었습니까? 네, 생각보다 오랜 기간 메일을 주고받게 되었지만, 삼촌의 방식에는 여전히 적응이 잘 안 됩니다. 아, 그러니까 내게 삼촌은 어떤 벗이냐고요? 갑작스럽게 그건 또 왜 묻습니까?

겨드랑이 냄새가 무척 심한 사람이 있었습니다. 가족은 물론이고 본인도 냄새를 참기 힘

들었습니다. 결국 집을 나와
세상을 떠돌았습니다. 그러
던 어느 날 길에서 한 선비를
만났습니다. 냄새 때문에 꺼렸
지만, 선비는 전혀 신경을 쓰지
않는 것처럼 보였습니다. 그렇
게 두 사람은 길을 함께 가는 벗이 되었
습니다. 며칠 후 선비에게 조심스럽게 물었
습니다.

"겨드랑이 냄새가 무척 심한 걸 나도 잘 압니다. 그런데 그대는
시종 저에게 잘 대해 주십니다. 혹시 코에 문제라도 있습니까?"
선비는 이렇게 대답했습니다.

문제가 있긴요. 개처럼 냄새를 잘 맡는답니다. 저는 당신의 냄새가 너
무 좋습니다! •유희, 벗을 좋아하는 이유, 『문통』

어떻습니까? 지저분한 이야기, 마음에 쏙 드십니까?

추신 삼촌, 자주 좀 씻으세요. 그런 문제로 엄마랑 싸우는 거, 고
등학생 수준이라는 걸 고려해도 좀 심한 거 아닙니까?

🌀 **네 이야기**, 좋구나. 지저분해서가 아니라 내가 무조건 좋다는 솔직한 고백이니까, 하하. 그래, 우정이란 그런 것이다. 조건 같은 거 묻지도 따지지도 않고 무조건 지지하는 것!

이천보와 윤치는 특이한 인연으로 벗이 되었다. 이천보는 윤치가 시를 잘 짓는다는 소문을 듣고 무작정 그의 집을 찾았다. 그런데 윤치가 이렇게 말하는 게 아니겠는가?

"어젯밤 꿈에서 처음 보는 사람과 시 이야기를 한참 나누었습니다. 지금 보니 그 사람이 바로 당신이로군요."

진짜냐고? 글쎄, 나도 잘 모르겠다. 궁금하면 프로이트에게 물어보렴. 중요한 건 두 사람이 단번에 벗이 되었다는 사실이다.

이천보는 아예 윤치의 집 근처로 이사했다. 이천보는 시를 지으면 반드시 윤치에게 의견을 물었고, 그의 인정을 받은 후에야 다른 이들에게 보여 주었다. 둘은 오늘날의 컬래버레이션에 해당하는 작업을 즐겨 했다. 윤치는 거문고 연주의 달인이었다. 윤치가 거문고를 연주하면 이천보는 시를 썼다. 두 사람이 즐기는 색다른 놀이었다.

그러던 어느 날, 두 사람은 오래간만에 다른 이들과 어울렸다. 흥이 오르자 윤치가 거문고를 연주했고 이천보는 시를 낭송했다. 그런데 몇몇 이들이 거문고는 괜찮은데 이천보의 시가 좀 별로라는 의견을 내놓았다. 윤치가 갑자기 버럭 소리를 질렀다.

"너희 같은 속된 인간들이 감히 이천보의 시를 평가해?"

윤치는 거문고를 들어 그들을 때리려 했고 흥겨웠던 분위기는 난장판이 되었다.

무슨 말일까? 나는 네가 나를 위해 거문고를 들 것이라 믿었다. 하지만 아무래도 내 믿음이 과했던 것 같구나. 어제 네 엄마가 나를 야단칠 때 — 누나 눈엔 서른이 다 된 내가 아직도 한참 어린 동생으로만 보이나 보다 — 네 얼굴을 보았다. 간신히 웃음을 참고 있더구나. 아, 조카님, 비슷한 수준의 벗 사이에 이건 좀 아니지. 그럴 때는 더 적극적으로 편을 들어주셔야 하지 않겠습니까? 사실 누나는 말도 안 되는 이유로 날 야단치고 있었단 말입니다. 사실 난 썼었고, 그래서 더 억울하단 말입니다. 조카님은 그런 적 없습니까? 동병상련, 모릅니까?

삼촌, 저는 이색 같은 벗이 있었으면 좋겠습니다. 세상 사람 모두 다 나를 욕해도 내 진심을 알고 이해해 주는 벗 말이지요.

파직당한 박현은 곧장 시골로 내려가기로 마음을 먹었습니다. 어머니를 보러 가겠다는 명목이었습니다. 박현에 대한 비난이 쏟아졌습니다. 파직당하자마자 시골로 내려가는 건 조정에 대한 불만 표시로 여겨졌기 때문이지요. 선비들이 떠받드는 『맹자』에서는 이러한 행동을 하는 사람을 졸장부라 부르기도 했으니 말입니다. 사면초가에 몰린 박현을 이색이 변호하고 나섰습니다.

이해관계로 맺어진 우정은 그저 얼굴을 익히는 것과 다르지 않다. 마음이 맞아 의로 사귄 뒤에야 비로소 서로 잘 알게 된다. • 이색, 박현을 전송하며, 『동문선』

이색이 하고픈 말은 어쩌면 이 문장에 다 있을 겁니다. 박현을 비난하는 이들은 박현의 마음을 전혀 모르는, 그러니까 그저 얼굴만 아는 이들뿐이라는 뜻이지요. 그렇다면 의로 사귄 이색은 박현의 행동을 어떻게 평가했을까요?

박현은 젊은 나이에 벼슬을 시작했다. 중요한 관직을 두루 거쳤기에 사람들은 영화롭게 여겼으나 본인은 그렇지 않았다. … 지극한 사랑과 공경으로 부친을 깍듯이 모셨지만 늘 시골에 계신 어머니를 잊지 못했다. … 그러므로 박현의 이번 행보는 졸장부가 뒤도 돌아보지 않고 떠나는 것과 비교해서는 안 된다. 어머니를 그리워하는 마음이 절실했기 때문에 겨를이 생겼음을 기뻐하는 것이다.

박현의 마음이 실제로 그랬는지는 모르겠습니다. 어쩌면 실제로는 정말 삐쳤던 건지도 모르겠습니다. 하지만 그즈음 박현에게 필요한 것은 자신을 믿어 주고 후원해 주는 벗의 존재였습니다. 그 벗이 바로 이색이었지요.

추신 삼촌, 항상 저의 편을 들어주고 같은 수준의 벗(?)으로 기꺼이 인정해 준 것에 대해서는 고맙게 생각합니다. 하지만 잘 씻는 것은 ─ 씻었더라도 한 번 더 씻는 것은 ─ 삼촌의 미래를 생각해도 절대 나쁜 일이 아니랍니다. 웃은 건 미안합니다. 다만 뭐라 하지는 마세요. 처지를 바꿔서 생각해 보세요. 나이 잔뜩 먹은 두 남매가 씻었느냐 안 씻었느냐로 소리 높여 싸우다니, 삼촌이라면 안 웃었겠습니까?

말보다
마음을 읽어라

내게 이러한 벗이 있었으면 좋겠다. 화가 최북은 한 눈이 멀었다. 항상 외알박이 안경을 쓰고는 그림을 그리곤 했다. 술을 즐겼고 떠돌아다니기를 좋아했다. 금강산 구룡연을 구경하러 갔을 때의 일이었다. 잔뜩 취해서 울다가 웃다가 하더니 크게 외쳤다.

"천하의 명인 최북은 마땅히 천하의 명산에서 죽어야 하리!"

최북은 뛰어내리려고 구룡연 절벽으로 다가갔다. 몸이 재빠른 벗 하나가 달려가 최북을 붙잡았다. 바닥에 누워 몸부림치던 최북이 일어나 휘파람을 불었다. 가지 위에 머물던 새들이 푸드덕 날아올랐다.

최북이 서평군이라는 귀족과 바둑을 둘 때의 일이었다. 내기 바둑을 두었는데 서평군이 한 수만 무르자고 부탁했다. 최북은 바둑판을 엎었다.

"무르기만 하면 일 년이 걸려도 끝내지 못할 거요."

최북은 그 뒤로 다시는 서평군과 바둑을 두지 않았다. 세상 사람들은 최북더러 미치광이라 하고 술주정뱅이라 하고 환쟁이라 했다. 하지만 그에게는 분명 특별한 무언가가 있었다.

뒷북도 아니고 갑자기 웬 최북이냐고? 나의 외면이 아닌 내면을 보라는 것이다. 뭐랄까, 너무 자주 씻으면, 너무 깨끗이 씻으면 내가 아닌 느낌이 든다고나 할까? 너도 고백하지 않았니, 내 냄새가 정말 좋다고.

정중하게 경고한다. 자꾸 엄마 편만 들면 나도 최북처럼 행동할지 모른다. 뛰어내리고 다 엎어 버리겠다는 것이다!

🎃 **최북, 좋지요**(뒷북과 최북의 농담은 지나치게 썰렁합니다). 하지만 최북에게 믿을 수 있는 벗이 없었더라면 과연 그가 마음껏 난동을 부릴 수 있었을까요?

남공철이 외출한 사이 최북이 다녀갔습니다. 곱게 다녀가지는 않았습니다. 남공철은 최북에게 편지를 썼습니다.

아침에 남대문을 다녀왔소. 그대가 왔다가 그냥 돌아갔다는 이야기를 들었소. 무척 섭섭했다오. 하인들이 그대가 와서 한 일을 일러바쳤소. 술에 잔뜩 취한 그대가 책상으로 다가가 책들을 모조리 뽑아 버리고 고래고래 소리를 질러 댔다고 하더군. 속에 있는 것을 모두 토해 냈다고 하더군. 하인들의 부축을 받고서야 밖으로 나갔다고 하더군. 궁금한 것은 한 가지일세. 길거리에 쓰러져 다치지는 않았는가? •남공철, 최북에게 답하다, 『금릉집』

남공철은 최북이 기이한 행동을 하는 이유를 잘 알고 있었습니다. 뛰어난 재능을 가졌으면서도 천한 신분 때문에 제대로 된 대우를 못 받는 울분이 격렬한 행동으로 바뀌어 나온다는 사실을 잘 알고 있었지요. 남공철은 최북을 제대로 아는 벗이었습니다.

추신 항상 말하지만 뭐 제가 남공철이고 삼촌이 최북이라는 건 절대 아닙니다. 미안한 말이지만 삼촌은 최북처럼 엄청난 재능을 가지지는 않았지요. 또한 워낙 점잖고 고상한 분이라 난동을 부리지도 않을 테니까요.

정말 눈도 깜짝하지 않고 독한 말 하는 습성 하나는 변함이 없구나. 그놈의 유전자란! 마치 날 다 이해하고 내려다보는 듯한 태도란! 좋다, 그럼 우리 수준을 좀 높일까? 너처럼 고수 흉내를 내는 얼치기 말고, 진짜 고수들이 활동하는 무림의 세계로 가 보자는 말이다.

정운창의 이름은 낯설 것이다. 그는 18세기 후반 바둑계를 주름 잡았던 최고 기사였다. 이옥, 이서구, 유본학 같은 당대의 지성인들이 나서서 전기를 남긴 사실로 그의 유명세를 짐작할 수 있다. 그는 노력하는 천재였다. 사촌 형에게 바둑을 배운 정운창은 짧은 기간에 일취월장, 곧바로 청출어람의 단계에 이르렀다. 사촌 형은 내기 바둑계(지금으로 치면 프로)에 진출하기를 권했다. 정운창은 거절했다. 자신이 생각하는 수준에 미치지 못했다고 느꼈기 때문이다. 집 안에서 바둑에만 몰두하던 정운창이 세상으로 나온 건 십년이 지난 후였다.

오랜 칩거의 반작용일까, 정운창은 홍길동 못지않은 신출귀몰한 솜씨로 바둑계를 빠르게 평정했다. 보성 출신 정운창은 서울로 올라오면서 각 지역의 내로라하는 기사들을 차례로 무너뜨렸고, 서울에 도착해서는 양반 기사 정박에게 내리 삼승을 거둠으로써 자신의 이름을 널리 알렸다. 사람들은 국수라며 치켜세웠지만 정운창은 만족하지 않았다. 당대 최고의 기사 김종귀를 물리쳐야 진정한 일인자가 되는 것이었다.

그즈음 김종귀는 바둑을 좋아하는 평안 감사의 식객으로 평양에 있었다. 정운창은 김종귀가 돌아오기만을 기다렸다. 한 달, 두 달이 지나도 김종귀는 오지 않았다. 고의로 자신을 피하는 김종귀의 마음을 읽은 정운창은 직접 평양으로 찾아갔다. 평안 감사의 위세를 등에 업은 김종귀는 정운창을 만나 주지 않았다. 정운창은 일부러 큰 소리로 탄식했다.

"재능을 지닌 선비가 재능을 알아주는 사람을 만나지 못하는구나. 이 어찌 기구한 인생이 아니란 말인가?"

'기구한 선비'를 내세운 정운창의 전략은 적중했다. 평안 감사는 신세대 기사 정운창에게 흥미를 느꼈고 곧바로 김종귀와의 대국을 주선했다. 결과는 싱거웠다. 이옥은 정운창의 바둑을 다음과 같이 표현했다.

'포위하는 것은 성채와 같고, 끊는 것은 창끝과 같고… 함정에 빠뜨리는 것은 도끼 구멍에 끼우는 것과 같고, 변화하는 것은 용과 같고, 모이는 것은 벌과 같았다. 김종귀는 땀이 흘러 이마를 적셨지만 당해 낼 수가 없었다.'

승부의 세계는 냉정하다. 평안 감사는 당장 정운창을 식객으로 받아들였다. 김종귀를 쫓아내지는 않았지만 일 순위는 당연히 정운창이었다. 평안 감사의 임기가 끝나자 둘은 함께 서울로 돌아왔다. 계속되는 내기 바둑에서도 승부의 결과는 바뀌지 않았다. 정운창은 전성기를 구가했고 김종귀는 사람들의 무시를 견디면서 바둑을 두어 나갔다.

그러던 어느 추운 겨울날이었다. 김종귀가 정운창을 자신의 집으로 초청했다. 연전연패하던 적수의 초청이라니 조금 의아했지만 꺼릴 것이 없었던 정운창은 김종귀를 찾아갔다. 냉랭하리라던

예감과는 달리 분위기는 화기애애했다. 김종귀는 좋은 고기와 술로 환영의 마음을 드러냈고, 정운창을 경쟁자가 아닌 스승으로 대했다. 그리고 밤이 깊어지자 이렇게 말했다.

"선생이 명성을 독점한 지 10년이 지났습니다. 조금만 저에게 양보해 주시면 어떻겠습니까? 예전의 명성을 약간이라도 되찾고 싶습니다."

지금으로 치면 일종의 승부 조작을 부탁한 셈이다. 정운창은 과연 어떤 대답을 했을까? 정운창은 좋다고 대답했고 그 뒤로 정운창은 김종귀와 만나면 뒷걸음질을 치며 대국을 피했다.

의아한 분들도 있겠다. 다 가진 존재이자 냉정한 승부사인 정운창은 도대체 왜 김종귀의 부탁을 들어준 것일까? 두 가지 이유를 추측해 본다. 첫째, 영원한 승자는 없다는 사실을 정운창이 알고 있었기 때문이다. 정운창이 나타나기 전 김종귀는 당대 최고의 기사였다. 바꿔 말하면 정운창 또한 언젠가는 새로운 기사에게 자리를 내줄 수밖에 없다는 뜻이다. 그 무상함이 정운창의 마음을 움직였던 것. 둘째, 김종귀와 정운창에게 바둑은 모든 것이었다. 양반도 아닌 그들은 오로지 바둑으로만 생계를 유지했다는 뜻이다.

정운창의 처신이 오늘날의 프로 정신과는 다소 차이가 있는 것은 사실이다. 하지만 동료를 경쟁자가 아닌 인간으로 보고 예를 다한 정운창의 처신은 여러 가지를 생각하게 한다. 이기고 지는 건 과연 무엇일까? 사람을 마주한다는 건, 인생을 잘 살아간다는 건 과연 무엇일까?

이 이야기의 교훈 하나, 김종귀의 시대가 저물었듯 정운창의 시대도 저물 거라는 거. 젊은 벗이여, 가짜 고수여, 젊음은 영원하지 않단다. 언젠가는 너도 이성 벗에게 사소한 일로 엄청 혼이 나는 일이 분명히 올 거다. 눈물 잔뜩 흘리면서 옛날에 삼촌한테 더 잘해 줄걸, 하고 후회하지나 마라, 하하.

🐚❀   여자 친구 이야기는 어이가 없으니 무시하겠습니다. 그리고 또 다른 도전입니까? 고수라면 저도 아는 사람이 있지요. 나이가 젊은데 생각이 참 깊은 고수. 아직 한창인 고수.

1701년 여름, 72세 노인 남구만의 하루하루는 고통스러웠습니다. 정승 자리에서 물러나기를 청했지만, 숙종은 허락하지 않았습니다. 그렇기에 집으로 돌아가지도 못하고 지금의 압구정에서 허락을 기다렸지요. 마음은 불편했고 날씨는 무더웠습니다. 상쾌한 기분이라고는 전혀 없었습니다. 그즈음 김일경이 찾아왔습니다. 서른 살 이상 차이가 나는 어린 벗이었으나 남구만이 내심 자신의 후계자로 점찍어 놓은 전도유망한 벗이었지요.

남구만은 김일경을 보자마자 시원한 기분이 들었습니다. 흡사 김일경의 눈썹과 이마, 옷깃과 소매 사이에 구름과 노을의 산뜻한 기운이 머무는 느낌이었습니다. 속으로만 신기하게 여기고 있는데 김일경이 책 한 권을 꺼냈습니다.

"올 사월, 한 달 동안 금강산을 유람하고 돌아왔습니다. 이 책은 그 여행을 기록한 것입니다. 대감께서 서문을 써 주시면 그보다 호쾌한 일은 없겠습니다."

책을 열어 보니 구름과 노을이 살아서 움직였습니다. 달빛과 바람은 덤이었습니다. 남구만은 등이 시원해지고 마음이 뻥 뚫리는 기분을 맛보았습니다. 남구만이 김일경에게 답답함을 호소한 것도 아니었습니다. 그런데도 벗은 남구만에게 꼭 필요했던 약을 들고 온 것입니다. 이심전심의 경지라고나 할까요? 남구만은 그 마음을 이렇게 썼습니다.

나는 이 기록을 보기 전에 이미 눈썹과 이마, 옷깃과 소매 사이에서 군을 보았다. 진실로 배부르게 유람하여 그 마음이 이미 충족된 것이 아니라면, 그 명승들이 어찌 먼저 밖으로 드러났겠는가? ●남구만, 벗의 눈썹과 이마 사이,『약천집』

어떻습니까? 이 정도면 정말로 고수 아닙니까?

웬일로 답이 없나요? 제 젊은 고수 이야기가

별로였습니까? 한가한 거 다 아니까 답장이나 빨리 쓰세요.

🐌🐌　　불안하게 왜 답이 없습니까? 오늘 낮에도 아무 말 없이 그냥 씩 웃기만 하고 지나쳤지요. 항상 뭐라도 트집을 잡는 삼촌답지 않게 말입니다. 무슨 문제라도 있습니까? 장유의 글이 재미있어서 첨부합니다. 짜잔, 삼촌은 어느 벗일까요?

　나에게 이렇게 충고해 주는 벗이 있었으면 좋겠다.
　남에게 의지해야 일어서는 존재는 갓난아이다. 남에게 빌붙어 사는 존재는 담쟁이다. 남을 따라 변하는 존재는 그림자다. 남의 물건을 훔쳐 자기를 이롭게 하는 존재는 도둑이다. 남을 해쳐서 자기를 살찌우는 존재는 짐승이다. 사람이 이 다섯 가지에 속한다면 군자가 아닌 소인이다.
• 장유, 다섯 가지 벗, 『계곡집』

🐌🐌　　하나는 알고 둘은 모르는구나. 장유는 이런 말도 했단다.

　좋은 사람은 원래 바탕이 좋고, 나쁜 사람은 본래 바탕이 나쁘다. 하지만 사람이라는 존재가 워낙 어려운 것이어서 사람에 밝은 이만이 그 수준을 알아볼 수 있다. 일정한 경지에 이르기 전에는 사람의 미묘함을 제대로 이해할 수 없는 것이다. • 장유, 좋은 글, 『계곡집』

어떠냐? 요즈음 기고만장한 너에 대해 생각할 거리를 많이 던져 주는 글 아니냐?

🐌 　드디어 답을 하셨네요. 반갑습니다. 그런데 삼촌, 장유가 말한 건 좋은 사람이 아니라 좋은 글입니다. 뻔뻔하게도 글을 사람으로 바꾼 뒤 저를 훈계하려 하셨군요. 모를 줄 알았습니까? 많이 유치합니다!

🐛 　그걸 또 찾아내서 알려 주다니 너야말로 유치하다. 장유는 이런 말도 했단다. 사물이 정상적이지 않은 상태를 요상하다고 말한다고. 너야말로 유치하고 요상하다. 마침 말이 나왔으니 고백하마. 나는 말이다, 유치하고 요상한 네가 참 좋다!
　네가 많이 좋아져서 참 다행이다. 밥값은 한 것 같아 안심이다. 네 덕분에 외계 별에서의 하루하루가 즐거웠다. 외계인들도 마냥 나쁜 건 아니더라. 정말 고마웠다!

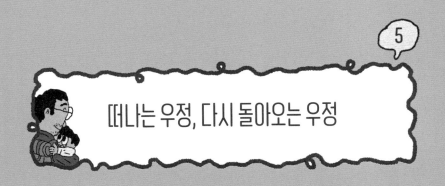

5

떠나는 우정, 다시 돌아오는 우정

슬픔을

함께하다

삼촌, 왜 이렇게 약속을 안 지키는 사람이 되었습니까? 자주 메일을 보내겠다고 하면서 여태껏 단 한 통의 메일도 보내지 않았습니다. 이해는 합니다. 길을 떠돌면서 앞날에 대한 깨달음을 얻고 오겠다는 삼촌의 목표, 달성하기 쉬운 건 아닙니다. 그러니 조금만 더 참아 보겠습니다. 깨달음을 얻은 삼촌, 하산한 삼촌, 달라진 삼촌을 보고 싶으니까요.

그래도, 그래도 말입니다, 여유가 생기면 곧바로 메일을 써 주세요. 우린 서로를 지지하는 벗이지 않습니까? 삼촌더러 제대로 된 글이나 쓰라고 한 건 진심은 아니었습니다. 삼촌의 글은 나쁘지 않습니다. 그러니 진로에 대한 고민은 적당히 하세요.

삼촌이 쓴 쓸쓸한 글 하나 첨부합니다. 다시 말하지만, 찾아서 첨부하는 글입니다. 따로 모아 두거나 한 건 절대 아니라는 뜻입니다.

40년 우정을 노래하다

볕 좋은 아침(기록에는 나와 있지 않으나 나는 이렇게 믿기로 한다) 희미한 눈으로 무심히 낭도들을 살피던 죽지랑은 늘 곁을 지키던 득오의 부재를 문득 깨닫곤 그의 어머니를 불러 묻는다.

"그대의 아들은 어디에 있습니까?"

여인을 통해 죽지랑은 득오가 모량리 부산성 창고 책임자로 차출되었으며, 득오를 지명해 부른 이는 익선이라는 사실을 알아낸다. 모량리의 권력자이자 지방관인 익선이 모량리 출신 득오에게 부역을 시킨 건 적법한 일이었다. 그럼에도 죽지랑은 어쩐지 마음이 개운치가 않다. 잠깐 고민하던 죽지랑은 술과 떡을 가지고 득오를 찾아가 위로하기로 결심한다.

익선은 부산성을 오르는 죽지랑의 모습을 분명히 보았을 것이다. 휘하의 낭도 137명과 하인들도 함께였으니 외면하기가 쉽지 않았을 것이다. 하지만 익선은 나타나지 않았고 죽지랑은 문지기를 통해 득오가 익선의 밭에서 일한다는 정보를 얻는다. 이번에도 죽지랑의 마음은 개운치가 않다. 창고 책임자가 어째서 개인 소유의 밭에서 일하는 걸까? 잠깐 고민하던 죽지랑은 밭으로 가 득오를 찾아내선 술과 떡을 나누어 먹는다. 위로라는 본연의 목적을 마쳤으니 이제 돌아가야 할 터, 그러나 내내 마음이 개운치 않았던 죽지랑은 익선을 찾아 공손히 부탁한다.

"득오가 몹시 지쳐 보이네. 그에게 사나흘 휴가를 주면 어떻겠나?"

익선은 짧은 고민도 없이 곧바로 대답한다.

"안 됩니다."

득오의 대답을 들은 죽지랑은 화도 제대로 못 내고 그저 고개만 들어 하늘을 보았을 것이다. 왜 그랬을까? 익선이 반기지 않는다는 건 진작부터 알았어도 자신의 간절한 부탁마저 매정하게 거절하리라고는 차마 생각하지 못했기 때문이다.

죽지랑의 무겁고 서글픈 마음을 이해하기 위해서는 그가 어떤 사람인지를 알아야 한다. 이름난 귀족 집안에서 태어난 죽지랑은 화랑이 되어 백제와 당나라와의 싸움에 모두 출전했으며 재상 또한 네 차례나 지냈다. 휘하의 낭도를 위문할 만큼 따뜻한 마음의 소유자이기도 했다. 신라를 위해 일생을 바쳤다고 말해도 과언이 아닌 전직 장군이자 재상의 간절한 부탁을 일개 지방관인 익선은 고려할 문제도 아니라는 듯 단 한마디로 거절해 버린 것이다. 익선을 욕할 필요는 없으리라. 익선의 거절은 시대의 모습을 대변하니, 전쟁이 끝난 평화의 시대에 칠십이 넘은 늙은 화랑은 쓸모라고는 전혀 없는, 솔직히 말하면 눈엣가시나 마찬가지였던 것.

이 장면을 모두 지켜보았을 득오는, 수십 년간 곁에서 모셨던 대장군 죽지랑이 자신의 사나흘 휴가 때문에 수모를 당하는 모습을 그저 말없이 지켜볼 수밖에 없었던 중년의 득오는 무슨 생각을 했을까? 그는 속으로 노래를 불렀다.

지나간 봄은 돌아오지 못하고

이제 안 계시니 모두 소리 내어 운다

그 좋던 모습이

해가 갈수록 허물어진다

　미남자로, 미륵의 화신으로 이름을 날렸던 죽지랑이었다. 젊고
아름다웠던 얼굴은 세월을 이기지 못해 허물어지고 부서졌다. 그
러나 득오의 노래는 늙음에 대한 회한만은 아니었다. 사실 득오는
젊은 날 함께 들판과 전장을 누볐던 화랑의 나날들을 추모하고 있
는 셈이었다. 득오는 익선이나 시대를 원망하지는 않았다. 죽지랑
과 나누었던 사십 년 우정도 이제 끝날 날이 머지않았다는 슬프고
냉정한 깨달음만 얻었을 뿐. 그러므로 우여곡절 끝에 득오가 휴가
를 얻었고 죽지랑이 당한 수모를 뒤늦게야 알게 된 임금이 익선에
게 엄벌을 내렸다는 이후의 스토리는 죽지랑과 득오 두 사람에게
는 별로 중요한 일이 아니었다. 물론 우리는 득오의 깨달음도 옳
지 않았다는 사실을 안다. 그들의 사십 년 우정은 끝나지 않았다.
득오가 부른 〈모죽지랑가〉의 슬프고도 아름다운 구절들은 그들
의 우정이 천년 후에도 여전히 살아 있음을 증명하고 있으니.
　생각지도 못했던 수모에 화도 제대로 못 내고 그저 고개 들어
하늘만 보았던 기억은 누구에게나 있을 것이다. 죽지랑과 득오가
당한 수모는 내게도 낯설지 않다. 당신에게도 아마, 그러하리라.

부탁이니 엄마한테 연락 좀 하세요. 연락은 왔냐고 하루에도 몇 번씩 저를 들볶는 통에 아주 피곤합니다.

　　　　🔭　　어느 날 시골에 낙향해 살던 벗 노생이 찾아왔다. 노생은 이규보의 동년이었다. 과거에 함께 급제한 사람이라는 뜻이다. 하지만 세월이 흐르는 사이 둘의 처지는 달라졌다. 이규보는 잘나가는 관리가 되었고, 노생은 낮은 벼슬 하나 얻지 못하고 낙향했다. 오래간만에 다시 본 얼굴이니 반가워야 마땅했지만 그러기는 쉽지 않았다. 노생이 이규보를 찾아온 이유는 벼슬을 부탁하기 위해서일 것이다. 그러나 이규보로서는 들어줄 방법이 없는 부탁이기도 했다.

노생은 뜻밖에도 자리 이야기는 꺼내지도 않았다. 며칠을 함께 보낸 노생은 다시 시골로 돌아가겠다고 말했다. 이규보는 고개를 끄덕였고, 떠나는 노생에게 글을 한 편 선물한다.

그대는 일찍이 뛰어난 재주를 가졌으면서도 벼슬자리를 얻지 못해 가족을 이끌고 척박한 땅을 찾아 내려갔었지. 너무도 안타까워 내 마음도 무척 아팠다네. 그런데 벼슬자리란 게 생각만큼 좋지는 않더군. 기쁜 일도 별로 없고 점차 흥미도 잃어버려서 그만둘까 하는 생각도 자주 들었네. 그럴 때마다 용기 있게 떠난 그대를 높이 평가하고 남쪽을 향해 절을 했다네. 이번에 자네가 다시 올라온 걸 보고 예전의 뜻을 잃고 벼슬자리에 마음을 둔 건 아닌가 염려를 했지. 하지만 자네는 며칠만 머물고는 떠나가겠다고 했지. 역시 자네일세. 그대를 잠깐이나마 낮게 평가한 걸 후회하네. 머리 조아려 절하고 고상한 기풍에 경의를 표하네. •이규보, 벗을 전송하며,『동국이상국집』

문자 그대로 읽으면 벼슬자리에 연연하지 않는 벗의 고상한 기풍을 높이 평가하는 것처럼 보인다. 과연 그럴까? 예를 들어 보자. 함께 글을 쓰던 벗이 나를 찾아와 이렇게 말했다고 하자.

"어린애 장난 같은 글 따위 그만두고, 농사나 지어야겠어."

나는 그가 글쓰기에 늘 진지했음을 안다. 그가 조금 더 글을 썼으면 하고 바란다. 하지만 글을 쓰며 더 버틸 수 없다는 것도 안다. 그렇기에 나는 이렇게 말을 한다.

"잘 생각했다. 시골에서 좋은 공기 마시며 사는 게 진짜 사는 거지. 부럽다, 부러워."

이규보의 글도 그렇다. 겉보기에는 벗의 결단을 높이 평가하며 부러운 듯 말하지만 실은 울고 있다. 왜 세상살이는 이렇게 어려운 것일까, 하고 말이다. 이규보의 진심은 마지막 문장에 드러난다.

바람과 햇살은 맑고 깨끗하며, 재잘거리는 새들의 소리를 들으며 놀기 좋은 날일세. 그런데 그대는 차마 나를 버리고 남쪽으로 떠나려는가?

돌아와,
제발

드디어 답장이 왔네요. 이야기만 있고 삼촌의 속내는 전혀, 아니 아주 조금밖에 밝히지 않은, 초등학생 수준의 농담도 없는, 참 불친절한, 삼촌답지 않은 답장이지만 말입니다. 고맙습니다. 잘 지내는 것으로 알겠습니다. 삼촌이 떠난 후 가만 생각해 보니 삼촌에게도 좋은 점이 있기는 했더군요.

여항 시인 유정주가 죽었다는 소식을 들은 김정희는 이렇게 썼습니다. 『이향견문록』에 나옵니다.

유정주는 나의 삼십 년 벗이다. 곧고 깨끗하게 지조를 지키는 것으로 교유했고, 부지런히 나의 잘못을 비판해 주며 사귀었다. 아침저녁으로 얻었다 잃었다 하는, 세상의 권세와 이익만을 중시하는 벗이 아니었다. … 그는 나를 착함에 들게 하고 착하지 못한 일에는 물들지 않게 하고자 했다. 그 마음이 삼십 년을 하루같이 변하지 않았다.

삼촌이 유정주 같은 성품을 지녔다고 오해하지는 마세요. 딱 한 줄이 일치하니까요. 부지런히 나의 잘못을 비판해 주었다는 딱 한 줄만이 일치하니까요. 그런데 삼촌, 꼭 산과 바다를 보며 생각을 정리해야 하는 건 아니지 않나요? 삼촌, 잘 지내는 거, 맞지요?

1819년 겨울, 김조순은 벗들과 봉원사 여행을 떠났습니다. 40년 전 함께 여름을 보냈던 곳이었기 때문입니다. 출발할 때는 의기양양했지만 얼마 지나지 않아 곧바로 후회했습니다.

날은 몹시 추웠다. 호기롭게 걷기를 택해서 얻은 고생은 말로 다 표현하기 어려웠다. 절에 도착한 후에도 마찬가지였다. 빼어난 물이나 바위가 없어 감상할 만한 것도 없었으며, 음식도 별로였다. 한마디로 말해 처음부터 끝까지 형편없었다.

하지만 놀라운 건 여행 내내 벗들의 얼굴엔 웃음기가 가득했고, 그것은 김조순도 마찬가지였습니다. 무엇이 그들을 그렇게 흥분하게 만든 걸까요? 그렇습니다. 벗과의 여행 그 자체였습니다. 김조순은 그 깨달음을 이렇게 적었습니다.

즐거움이 별건가? 어떤 사물이 있어도 좋고 없어도 좋은 법이다. 마음에 맞는 벗들만 있다면. • 김조순, 벗들과 봉원사에서 놀던 기억, 『풍고집』

삼촌, 제가 왜 이 글을 보내는 건지 잘 알리라 믿습니다…. 그리고 엄마와 이야기를 나누다가 비로소 기억이 났습니다. 우리가 제주도에서 한 달 동안 함께 지냈던 시절 말입니다. 제가 네 살이고, 삼촌이 열여섯 살, 그러니까 지금의 제 나이와 같았던 시절 말입니다.

엄마, 아빠는 제주도 곳곳을 돌며 방학 특강을 하느라 정신이 없었고, 저를 돌보는 건 오로지 삼촌의 몫이었던 그 시절 말입니다. 우리는 한 달 내내 바닷가에서 살다시피 했다고 합니다…. 엄마의 말에 따르면 삼촌은 거의 형처럼 저를 잘 돌봐 주고 놀아 주었다더군요. 평소의 삼촌답지 않게 세심하게…. 참 이상합니다. 그런데 그 기억은 왜 하나도 나지 않는 걸까요? 삼촌은 왜 그 시절 이야기는 한 번도 안 한 겁니까? 그리고 그 노래, 엄마 말에 따르면 저는 삼촌과 함께 〈제주도의 푸른 밤〉을 수도 없이 불렀다는군요! 그러니까 우린 처음 벗이 된 게 아니라 이미 12년 전에도 벗이었군요! 그래서 저더러 노래를 부르자고 했고, 저를 잘 안다고 했던 거로군요!

삼촌, 이제 돌아오세요. 한 달이 지났습니다. 이런 말하기 참 싫지만, 눈 딱 감고 해 봅니다. 삼촌은 괜찮은 작가입니다. 삼촌 생각보다 좋은 작가입니다. 그러니 고민은 그만! 고민이 길어지면 자꾸 다른 생각을 하게 됩니다. 제 말 이해하시지요? 삼촌, 슬슬 보고 싶어지기 시작합니다.

삼촌의 글입니다. 큰 소리로 읽어 보세요! 의미를 파악해 보세요! 약속을 지키세요!

우정으로 도를 닦다

『삼국유사』에는 2인조로 도를 닦는 수행자들의 이야기가 여럿 나온다. 가장 유명한 이들은 도저히 잊을 수 없는 이름을 가진 노힐부득과 달달박박일 것이고, 깨달음을 얻어 서방정토로 훨훨 날아갔다는 광덕과 엄장이 그다음일 것이다. 이 두 이야기에는 공통점이 있다. 경쟁하듯 도를 닦았다는 것, 수행을 시험하는 여성이 등장한다는 것, 둘 중 한 사람은 실수를 범한 후 반성하는 요소가 들어 있다는 것이다. 기승전결과 교훈, 그리고 재미가 확실한 이야기들이다.

이제 소개하려는 관기와 도성 2인조는 앞의 이야기들과 비교하면 간단하고, 심심하고, 밋밋하다. 관기와 도성 두 사람이 포산(경북 현풍의 비슬산)에 숨어 살며 도를 닦다가 성불했다는 것이다. 서로 경쟁했다는 내용도 없고, 수행에 어려움을 겪었다는 설명도 없다. 여성은 당연히 등장하지 않는다. 다른 말로 하면 두 사람은 원래부터 성불할 운명을 타고난 것처럼 능숙하게 도를 닦다가 때가 되니 자연스럽게 하늘로 올라갔다는 것이다. 일연 스님은 두 사람을 소개하는 첫 문장부터 성사(聖師)라는 표현을 쓰고 있다. 성스러운 스승이라는 뜻이다. 그리고 보니 관기와 도성이라는 이름부터 범상치가 않다. 관기(觀機)는 하늘의 기미를 본다는 뜻이며, 도성(道成)은 도를 이룬다는 뜻이다. 괜히 허탈해진다. 그러니까 두 사람은 수행 계의 금수저들이었던 셈이다. 진흙밭을 구르다가 어렵사리 깨달음을 얻는 부류와는 태생부터 다른 존재였던 셈이다.

난감하다. 일연 스님은 어쩌자고 모든 게 완벽한 이 두 사람의 이야기를 『삼국유사』에 실었을까? 재미도 없는 이 이야기에 그나마 교훈이라 부를 만한 요소는 있는 걸까? 투덜대면서 이야기를 계속 읽어 나가면 우리를 허탈하게 만드는 일화가 또 하나 등장한다. 관기는 남쪽 고개에 암자를 지었고, 도성은 10리가량 떨어진 북쪽 굴에 살았다. 달이 뜨면 구름길을 헤치고 휘파람을 불면서 왕래했다고 한다. 두 사람은 상대가 올 것을 정확히 알았다. 핸드폰도 없던 시대였는데 무슨 방법을 쓴 것일까? 대자연의 협조 덕분이었다. 북쪽 굴에 사는 도성이 관기를 떠올리면, 산속의 나무들이 모두 남쪽을 향했다. 남쪽 고개의 암자에 사는 관기가 도성을 떠올리면, 산속의 나무들은 이번에는 모두 북쪽을 향했다. 그러므로 관기와 도성은 나무들의 방향을 보고 상대방을 찾아가면 되었다. 핸드폰은 없었지만, 그보다 성능이 뛰어난 텔레파시가 있었다!

처음 이 이야기를 읽었을 때는 별 감흥이 없었다. 나와 무관한 금수저들의 이야기로 치부했다. 두 번째는 달랐다. 문득 머릿속에 질문 하나가 떠올랐다. 모든 게 완벽한 이 두 사람은 왜 서로를 보고 싶어 했을까?

이 질문을 가슴에 품고 보니 이야기의 느낌이 달라졌다. 두 사람은 외로웠다. 세상 인연을 다 끊어 버리고 수행에 온 정성을 바쳤지만, 그래도 외롭고 힘들었다. 10리 떨어진 곳에 자리 잡은 것이 증거다. 두 사람이 완벽한 수행자라면 굳이 멀리 떨어져 있을 이유가 없다. 가까이 있으면 수행에 지장이 있을까 봐 10리의 거리를 둔 것이다.

달이 뜬 깊은 밤, 굳이 상대방을 찾아간 이유는 또 무엇인가? 답은 하나, 보고 싶었기 때문이다. 보고 싶어, 이야기를 나누고 싶어 견딜 수가 없었기 때문이다. 둘은 결코 완벽한 수행자, 타고난 금수저가 아니었다. 도를 닦다 벽에 부딪히고 벗을 만나 그 마음을 나누고 싶었던, 다른 말로 하면 우리와 별로 다를 게 없는 이들이었다.

이야기의 마지막도 묘하다. 도성이 바위 사이에서 몸을 빼내 온몸을 하늘로 날리며 떠난 지 얼마 후에 관기도 뒤를 따랐다고 한다. 떠난 장소에는 두 성사의 이름을 가져다 붙였다는데, 정작 일연 스님은 도성암만 언급했다. 그러니 둘의 깨달음에도 약간의 시차는 분명 있었던 셈이다. 달리 말하면 겉으로 보기엔 밋밋했던 둘의 이야기에는 앞서 소개한 두 쌍만큼의 뜨거운 사연이 숨어 있었던 셈이다.

물론 이는 전적으로 내 오독일 수도 있겠다. 그러나 지금의 나

는 왠지 이 이야기를 내 마음대로 읽고 싶어진다. 둘의 깨달음보
다는 우정에 더 공감하면서.

추신) 네, 인정합니다. 삼촌의 글은 전부터 보이는 대로 모두 모
아두었습니다. 침대 밑에는 삼촌의 책들이 다 있습니다. 중고 서
점에서 책을 산 것도 제게 없는 책이었기 때문입니다. 아, 결국 저
를 항복하게 만드는군요. 치사합니다. 저는 삼촌의 글을 좋아하는
독자란 말입니다! 삼촌은 좋은 작가이고 더 좋은 작가가 될 수 있
습니다. 그러니 조금 힘들다고 괜히 다른 길 찾지 말고 있는 독자
에게나 충실하란 말입니다!

그런데 이거 아세요? 깨달음도 중요하지만, 벗이 없으면 아무
것도 아닙니다. 관기와 도성 이야기에서 우정이 빠지면 이야기가
성립되겠습니까? 삼촌, 돌아오세요. 집에서도 깨달음은 얻을 수
있답니다. 어서 돌아오세요. 글 안 쓰고 놀기만 한다고 놀리지 않
겠습니다. 삼촌의 방이 삼촌을 간절히 기다립니다.

네가 있어

견딜 수 있었다

늘 허기져 있는 너에게 좋은 비법 하나 알려 주마. 먹지 않아도 배부른 비법! 어때, 궁금하지 않니? 공짜로 알려 주지 않는 비법이지만 궁금해서 견디지 못하는 표정이 눈에 훤하니 알려 주지 않을 수가 없구나. 일찍이 채제공은 가까운 벗 이헌경에게 보낸 편지에 이렇게 썼단다.

어떤 이가 성안에서 왔기에 대감에 대해 자세하게 물어보았소. 소식을 듣고 나니 저절로 배가 부르고 마음이 든든해졌소. 조금이라도 덜 자세히 알았더라면 분명 몇 끼 굶은 듯 배가 몹시 고팠겠지요! •채제공, 벗의 소식에 배가 부르다, 『번암집』

네가 사실을 인정했으니 나도 조금은 솔직해져야겠지. 네가 쓴 메일 덕분에 하루, 또 하루를 배불리 먹고 견딜 수 있었다고. 그 양식 덕분에 내 앞길에 대해 제대로 정리할 수 있었다고. 고맙다.

　이제 돌아간다. 그래, 주인을 기다리는 내 좁은 방으로 말이다. 외계인이 둘이나 있는 이상한 집으로 말이다. 돌아가 일을 해야겠지, 내게 주어진 일, 글을 쓰는 일 말이다. 물론 부가 업무도 있겠지. 외계인들을 돌보는, 본업보다 더 힘이 드는, 그러나 즐거운! 깨달음으로 쓴 글 하나 첨부한다.

　심대윤은 뭐랄까, 정서가 좀 메마른 사람이었다. 이별을 슬퍼하는 글을 읽으면 큰소리로 비웃었다. 감정을 과장하는 것이 분명하다고 여겼기 때문이다. 그런 어느 날 정기하가 찾아왔다. 심대윤에게 절하고 자신을 제자로 삼아 달라고 청했다. 젊은 시절 노름으로 세월을 보냈던 정기하는 공부에 몰두했고 심대윤은 그런 제자가 몹시 마음에 들었다. 몇 년 동안 문하에서 지내던 정기하가 잠시 떠나야 하는 일이 생겼다. 심대윤은 정기하를 전송하고 글까지 지어 주었다.

　정군이 내 문하에 온 지 이제 몇 년, 그 사이 사람이 크게 달라졌다. 바탕이 아름답고 재주가 넉넉해서 더불어 군자의 경지에 들어갈 만하다. 지금 그가 떠나가니 마음이 안타깝다.

　하지만 정작 그리움을 느낀 건 정기하가 떠난 다음 날이었다.

정기하의 부재는 생각보다 훨씬 더 심대윤의 마음을 아프게 했다.
결국 심대윤은 떠나간 제자에게 이렇게 편지를 쓴다.

내 나이 오십이 되도록 이별이 슬픈 것인지 몰랐소. 그대와 헤어진 이
후로 마음이 서글프고 멍하여 무언가를 잃은 듯하오. 이제야 이별이 괴
로운 건 그 사람을 다시 만나기 어렵기 때문이라는 것을 알게 되었지. 나
는 지금까지 평생토록 만나기 어려운 사람을 만나지 못했기 때문에 슬
프지 않았던 것. • 심대윤, 그리움을 알다, 『백운집』

추신 오해는 하지 말아라, 내가 심대윤이고 네가 정기하라는 건
절대 아니다. 알겠지? 너는 네 엄마를 닮아 워낙 오해를 잘하고 무
엇이든 자기 마음대로 해석하는 이상한 버릇을 가졌으니 특별히
말하는 것이다. 아이스크림 잔뜩 사 놓고 기다려라. 너 때문에 돌
아가는 게 아니라 아이스크림이 그리워서이다. 내 말뜻, 알겠지?
식기 전에 돌아가마. 사랑스러운 외계인 독자가 목 빼고 기다리
는 나의 방으로, 하하.

1 열두 살이나 많은데 친구라고?

뼈 때리는 충고 따원 필요 없어

- 12~13쪽 김창협, 이희조에게 답하다(答李同甫 답이동보) 1674, 『농암집』
- 13쪽 김창협, 이희조에게 답하다(答李同甫 답이동보) 1705, 『농암집』
- 14쪽 김창협, 이희조에게(與李同甫 여이동보), 『농암집』
- 17쪽 박제가, 상중의 이한주에게 답하다(答李夢直哀 답이몽직애), 『정유각집』
- 20~21쪽 박지원, 이한주를 추모하며(李夢直哀辭 이몽직애사), 『연암집』
- 22쪽 김창협, 이제안에게 사례하다(仲尼曰吳猶及史之闕文也 중니왈오유급사지궐문야), 『농암집』

돈 없으면 우정도 개뿔?

- 29쪽 박지원, 박제가에게(答孔雀館 답공작관), 『연암집』

선물은 역시 크기가 중요하지

- 33쪽 박제가, 박지원에게 답하다(答孔雀館 답공작관), 『연암집』
- 35쪽 성해응, 이금사의 거문고 소리를 추모하다(復書竹下哀李琴師文後 복서죽하애이금사문후), 『연경재전집』
- 39쪽 신정하, 이위에게(與李伯溫 여이백온), 『서암집』

아재 개그는 그만!

- 44쪽 이용휴, 부끄러움에 대해(恥軒記치헌기), 『혜환잡저』
- 44쪽 김종수, 이윤영을 추모하다(祭文제문), 『몽오집』
- 45쪽 조식, 이황에게 답하다(答退溪書답퇴계서), 『남명집』
- 46쪽 이황, 조식에게 답하다(答曹楗中답조건중), 『퇴계집』
- 52쪽 박제가, 백동수를 전송하며(送白永叔基麟峽序송백영숙기린협서), 『정유각집』
- 54쪽 안정복, 이름은 고치지 않겠습니다(答上星湖先生書답상성호선생서), 『순암집』
- 55쪽 김일손, 내 벗은 바보(癡軒記치헌기), 『동문선』

5 떠나는 우정, 다시 돌아오는 우정

나의 한 글자 06 벗

삼촌이랑 친구 하는 게 말이 돼?

초판 1쇄 발행 2022년 3월 7일

지은이 설흔   그린이 이강훈
펴낸이 이수미
편집 이해선
북 디자인 신병근
마케팅 김영란

종이 세종페이퍼   인쇄 두성피엔엘   유통 신영북스

펴낸곳 나무를 심는 사람들
출판신고 2013년 1월 7일 제2013-000004호
주소 서울시 용산구 서빙고로 35 103동 804호
전화 02-3141-2233   팩스 02-3141-2257
이메일 nasimsabooks@naver.com
블로그 blog.naver.com/nasimsabooks

ⓒ 설흔, 2022
ISBN 979-11-90275-66-8
        979-11-86361-59-7(세트)